みずもかえでも

関かおる

Before Maple Leaves Flow Off

Seki Kaoru

角川書店

みずもかえでも

装丁　川谷康久
装画　トミイマサコ

「——なにぬかしやがんでえ、この丸太ん棒めッ！」

高座のうえで、火を打つ石のように声がはじけた。

「——てめえなんか血も涙も目も鼻も口もねェ、ぺらっぺらののっぺらぼうだから、丸太ん棒ってんだ！」

相手を殴りつけるようにして啖呵《たんか》を切る落語家を、繭生《まゆう》は舞台袖から食い入るように見つめる。照明を浴びる高座は、真っ暗な舞台袖とは反対に、目が痛むほど眩《まぶ》しい。

「——ほうすけ、藤十郎、ちんけいとう、株っかじりの芋っぽりめ！　てめえごときに頭下げるようなおあにいさんとおあにいさんの出来がすこーしばかり違うんでえっ」

袖の暗がりに向かって、繭生は腕を伸ばす。そこには、影と同じ色をしたカメラが置き去りにされていた。

「——だいたいてめえの運が向いたのは、六兵衛が死んだからでえ！　そこにいんのは、もとはといやあ六兵衛の女房《かかあ》だったんじゃねえかっ」

持ち上げたカメラは重く、冷たい。ボディに触れる自分の指が、異常なくらいに熱いせいかもしれなかった。まばゆい高座に向かって、繭生はレンズをかかげる。

「——ひとりなのをこれ幸いと、おかみさん水汲《く》みましょう、芋洗いましょう、薪《まき》割りましょうって、ずるずるべったり入夫《にゆうふ》と入り込みやがったんだ。その時分のこたァよおく知ってらあ！」

埃《ほこり》っぽい長屋、棟梁《とうりよう》の乱れた月代《さかやき》、鼻の頭に光る汗の粒、拳《こぶし》に浮かぶ血管。落語は言葉ではなく絵の連続だ。十五歳のあの日、繭生はそのことを理解した。

落語家の怒声が胸を打つたび、ぱちっ、ぱちっ、と火花が散る。

撮らなければ、と、つよく思った。

レンズにうつる高座のエネルギーが、高まり、張り詰め、はじけるその一瞬を。

「――こうなりゃ意地でも引かねえやッ。白黒はっきりつけようじゃねえか。そら、奉行屋敷へ駆け込んでやる、行くぞ行くぞッ」

青い空に、汗がはじけて、風が吹く。

写真には、後も先もなく、今だけがある。

「――てめえなんざ、人間の皮ぁかぶった、畜生でェ！」

繭生は、シャッターボタンを押した。


かしゃん。


「は――」

落語家の声が、束の間、とぎれた。

「――腹が立ったら文句を言うもんだ、おまえもなんか言ってやれえっ」

それは、まばたきにも満たない亀裂《きれつ》だった。次の瞬間には、なにごともなかったかのように長屋の風景が再び現れた。観客はなにも気が付かない。けれど繭生には、その亀裂が永遠のように感じられた。

私は、今、なにをした？

全身の血の気が引いて、背中からどっと汗が吹き出す。心臓がバクバクと鳴り出して、ぜんぶの音をかき消していく。カメラを握る手に冷や汗がにじみ、ファインダーから顔をあげたとたん目の前がぐにゃっと暗くゆがんだ。四肢は一気に熱を失い、その温度差に吐き気がしてくる。

ひとつながりに高まっていく怒りの感情が、あの一瞬、途切れた。繭生のシャッターの音が、断ち切った。

「――やいっ、大家さん、じゃねえや、大家あ！」

高座は明るすぎて、もう直視することができなかった。太陽を見てしまったときのように、緑や紫の点が視界の隅々にあらわれている。酸素が足りない。ぐらぐらする視界のなかで、自分のあやまちだけが、はっきりと眼前に突きつけられていた。

私は、シャッターを切った。あのひととの約束を、破った。

「――ここでお時間がきたようです。『大工調《だいくしら》べ』の中程で失礼いたします……」

割れんばかりの拍手が聞こえた。高座をおりてまっすぐに袖へと戻ってくる落語家と、正面から視線がぶつかる。

一重の瞳は怒りに満ちていた。高座で胸を打った火とおなじくらいに激しく、でもそれは落語のなかの感情ではなく、現実の繭生に向かって真っ直ぐに注がれていた。

――かしゃん。

自分が切ったシャッターの音が、耳の奥によみがえる。あの瞬間にとらえた高座の熱が、今度は激しい痛みとなって胸を焼く。落語家の瞳は、繭生を生きたまま炙《あぶ》っていた。

たった一枚の写真が、これほどの痛みを与えうることを、その時はじめて、知った。

秋の冷たい空気が、袖の暗がりを這《は》い上がる。震える手から、カメラがことんと床に落ちた。

その音は、おおきな拍手にかき消されて、だれにも聞こえることはなかった。

1

シャッターボタンを押すたびに、バシャンバシャンとストロボが光る。

「首をすこし右に傾けていただけますか？　はい、完璧です、そのまま視線だけレンズにくださーい」

目の前には、赤い絨毯《じゅうたん》の敷かれた大階段。その中央で、被写体が指示通りに首を傾ける。パパパパと連写して、「ほんとうにおきれいです」と声をかけると、純白のドレスを着た花嫁は、ほっとしたように表情をゆるませた。

藺生は、さらに何十回かシャッターを切って、ファインダーから顔をあげた。

「一度、お写真確認されますか？」

「はーい」

花嫁が、花婿の手をとり階段を下りてくる。その後ろでスタッフが長い裾《すそ》をさばいているあいだ、藺生はアシスタントの小峯《こみね》に視線を送った。伸び切った髪はプリン化して、耳のあたりで黒と金に分かれている。百八十を超える長身の小峯は、ぼーっとモニタを見つめたまま藺生に気が付く気配がない。

「小峯くん」

小声で呼びかけると、小峯はようやく顔をあげた。

「タブレット、持ってきてくれる」

小峯は「っす」と返事をして、機材のコンテナからタブレットを取り出して渡した。しかし写真が同期されるはずのアプリがそもそも立ち上がっていない。藺生は無表情で佇《たたず》む後輩をためらいがちに見上げた。

「あのこれ、お写真を確認していただくためのタブレットだから、前もって起動しておいてもらえると助かるんだけど……」

「あ」

小峯は小さく舌打ちして、「いや言われないとわかんないんで」とぶつぶつ呟《つぶや》いた。何度も教えたでしょ、と文句を言いたくなるが、仏頂面の小峯に指摘する度胸がない。

「あの、次からは気をつけてね」

藺生が言うと、小峯はもごもご口を動かし、いっそう不機嫌そうに「っす」と了承なのかなんなのかわからない返事をした。気づけば花嫁たちは目と鼻の先にいて、慌てて可動式のモニタをガラガラと引き寄せる。新郎新婦が画面をのぞきこんで、「わー!」と歓声をあげた。

「すごい、自分じゃないみたい」

満足げに画面を見るふたりの表情を見て、藺生はほっと胸を撫《な》でおろす。

「あの」花嫁が楽しそうに顔をあげた。

「次の赤いドレスも、大階段で撮れませんか?」

藺生の頭のなかを、今日の撮影スケジュールがかけぬける。ウェディングドレスで、チャペルと大階段の二カット。赤いドレスに着替えて、バルコニーと宴会場の二カット。時間的には大幅に巻いているので問題なし、しかし本来は当日の変更は承ることができない。

「プランナーに確認してみますね。少々お待ちください」

背後にいたホテルのプランナーに駆け寄って事情を話すと、どことなくいやそうな顔をされた。

「ブッキングがなければ大丈夫ですけど、なんでも融通がきくわけじゃないですからね」

「はい、すみません」

こっちだって、お客様の要望を確認もせず断るわけにはいかないから聞いているだけだ。プランナーはすぐに戻ってきて、「スケジュール大丈夫でした」と答えた。けっきょくいいんじゃん、と心のなかでため息をつき、繭生は「ありがとうございます」と頭を下げて花嫁のもとへ戻る。

「大階段での撮影、大丈夫でした。では、さきにお着替えいただいて、こちらで撮影、それから予定通りバルコニーに移動しましょうか」

「そうですね、お願いします。わざわざすみません」

「とんでもありません。今日はおふたりのための一日ですから」

繭生がほほえむと、やったあ、と花嫁は頬をゆるめた。

「あと、私、左向きの顔の方がきれいに写ると思ってて……ね？」

同意を求められた花婿は「えー、どっちもきれいだけど」と首をかしげる。いやぜんぜん違うって！　と花嫁は照れたようすでその肩を叩いた。

「なので、できれば左向きを中心に撮ってもらいたくて……」

「承知しました」

繭生は口角をあげてうなずいた。花嫁と花婿がフィッティングルームへと消えていくのを見送る。お色直しが終わるまで、一時的に機材を撤去して、スタッフルームで待機することになった。

「赤いドレスであの大階段って」

機材をかついで廊下を歩きながら、小峯がとつぜん喋《しゃべ》った。

「ドレスと背景が同化しちゃいませんか」

「巨大な赤い物体から、デコルテから上だけにょきって生えてるかんじになっちゃいそうじゃないすか」

「え、そうかな」

なにを言っているんだろうと思いつつ、想像してみるとたしかにおかしい。

「肩幅が大きすぎて顔が小さすぎる漫画のキャラみたいな？」

「いやそれはよく分かんないすけど」

小峯はぶつぶつと言葉を続けた。「あと、あの赤いドレスって、裾マーメイドですよね。フレアなら階段に映えるけど、あのドレスだとあんまり写りがよくないと思うんすけど」

タブレットは扱えないくせに、細かいところはよく覚えているものだ。長いドレスの裾が扇のようにふわりと広がる姿は、階段写真のいちばんの見せ所。小峯の言う通り、マーメイドだとそれができない。

「どうせ赤いドレスでカット増やすなら、大階段じゃなくてロビーとか噴水とかにした方がよくないですか？　白っぽい背景ならドレスが映えるし。今から場所変えた方がよくないすか」

「いやいや、それは無理だよ」

早口でまくしたてる小峯を、繭生は慌てて遮った。

「ただでさえ当日の変更はいやがられるんだから」

「だれにすか？」

「プランナーさん」

「それ撮影に関係なくないすか」

「いっしょに仕事をしてるひとだよ。関係おおありだよ」

むしろ、撮影を円滑に進めるためには必要不可欠な存在だ。ロケーションの追加にかかる料金だって、プランナーからお客様に説明する。お互いが気持ちよく仕事をするために、わがままは極力避けなければならない。小峯は納得しかねるようすで、プリン頭をかいた。

「そうっすけど、写りが悪いじゃないすか、って話をしてんすよ」

苛立《いらだ》ったような口調に、心臓がどきりとする。ふた月前、アルバイトとして入ってきた小峯は、むっつりしているかと思いきやこうして時おり意見を喋り出す。年齢は四つ下だが、そのぶっきらぼうな口調が繭生はとても苦手だった。お客様の前で言わないだけ、まだマシだと思うべきなのだろうか。繭生はおずおずと口を開いた。

「でも、そもそも、赤いドレスと大階段は、お客様のご希望だよ。与えられた条件で、いい写真を撮るのが私たちの仕事なんじゃないかな」

地下一階にくだり、通用口の扉を開ける。ホテルの従業員が慌ただしく行き来する廊下を、なるべく邪魔にならないように進んでいく。ようやく黙ったかと思った小峯が、また口を開いた。

「でも、提案はできるじゃないすか。写真をよりよくするための」

「うーん、わざわざ他のロケーションを提案する必要はないと思うな。当日の変更はふつうできないし」

「肩幅大きすぎてもですか」

「そうはならないように撮るよ」

小峯はあからさまに不機嫌そうな顔で藺生を睨《にら》んだ。

「でも、一生に一度の写真ですよね。こっちがベストな提案をしないでどうするんですか」

意外とロマンチストなんだな、と藺生は思った。ウェディングフォトスタジオに入ってふた月も経ったのに、この仕事のなにを見てきたんだろう。

「ベストなのは、お客様の希望にそのまま寄り添うことじゃないかな」

藺生は前を見たまま答えた。「一生に一度だからこそ、撮影でトラブルを起こしたら嫌な記憶として残ってしまう。それを回避するのが、私たちがなにより気をつけなければいけないことだよ」

この仕事はテーマパークのキャストに似ている。私たちは、特別な日を、最高の気持ちで過ごしてもらうための脇役なのだ。

「いい写真を撮るより、トラブル回避っすか」

小峯が低い声で尋ねる。その威圧感に気圧《けお》されそうになりながら、藺生は小さい声で「うん」と答えた。

「小峯くんもそのうち分かるよ」

おつかれさまです、と声をかけてスタッフルームの中へ入る。椅子はあいていたが、機材も多いので壁際に荷物をよせて床に座った。提携先とはいえ外部のカメラマンである藺生たちは、従業員のようにはくつろげない。

音を立てないように、藺生は長く息を吐き出す。『いい写真』の基準はひとによって違う。ならば、藺生の意見ではなく、花嫁や花婿の意見が採用されるべきだ、と思うのは当然のことだ。

専門学校を出て、ウェディングフォトスタジオに就職して四年目になる。特別な一日のために、ドレスやメイク、ロケーションなど、こちらが応《こた》えなければならない要望は数えきれないほどあって、自分の意見がはいりこむ余地はない。小峯はそれを窮屈に思うのかもしれないが、そのことは、藺生にとって好都合だった。

言われたとおりにシャッターを切っていればお金がもらえる。トラブル回避をつねに心がけているから、客からも、スタジオの上司や同僚からも、悪くない評価を得ている。やめる理由は当然ない。

そうして藺生は、自分が投げ打ったものを、何万枚ものウェディングフォトで上書きしていた。

やがて、準備ができたとインカムが入った。床に置いた機材を持ち上げる。カメラのストラップがずっしり肩に食い込んで、痛かった。

フォトスタジオ『ポラリス』の事務所に戻ったのは、午後八時すぎだった。データの取り込みとバックアップを小峯に任せ、メールボックスを確認すると、プランナーの一人からメールが届いていた。ホテル『水嶺苑《すいれいえん》』の園田《そのだ》だ。

『次回の打ち合わせについて』というタイトルをクリックして、内容に目を通す。次回のクライアントは、和装での前撮りを希望していること。衣装は持ち込みで、その雰囲気にあったロケーションを提案してほしいこと、などが書いてあった。花婿が着る黒い紋付袴《はかま》と、花嫁の母親のものだという白無垢《しろむく》の写真が、メールには添付されていた。

白無垢のなかにも、ポイントで朱や金が使われるものもあるが、今回はいさぎよい純白だった。半襟から打掛《うちかけ》、帯締めまで、雪原のようにどこまでも白い。どのロケーションを選んでも色がかぶることがないので、プランを組み立てるのが楽だった。黒い紋付も、とくに気にしなければならない配色はなさそうだ。前回の『水嶺苑』での撮影プランを複製して、白無垢にあうようにちょこちょこと変更する。作業はすぐに終わった。

「コーヒー飲む?」

小峯に声をかけると、画面から顔をあげずに「っす」と返事をした。たぶん、お願いしますのす、だろう。

立ち上がり、給湯室でお湯をわかす。ちらりとスマホを見ると、父から『宅配送ったから今日着くと思う元気』とメッセージが来ていた。めずらしい。『帰ったら見てみる。つかれた。ありがとー』と打ちかけて、つかれた、の部分を『元気』に変えて送った。紙コップを出して、インスタントコーヒーに湯をそそぐ。小峯はいつもブラック。繭生はミルクだけ入れる。

濃い色のコーヒーにミルクを落とすと、表面にぐるぐるとマーブル模様ができた。混ざり切らずに浮かぶ白が、蛍光灯を反射して光る。

「はい、どうぞ」

「あざす」

肩越しに小峯のデスクトップが目に入る。選別された写真が左側に、撮影したすべての写真が右側にずらりと並んでいた。藺生は一瞬、かたまった。

「えっと、あの」

なんすか、と言いたげに小峯が目だけで藺生を見る。

「今日の花嫁さん、左向きをご希望だから、そっちを中心に選んでもらえるかな」

藺生の見る限り、小峯が選別したサムネイルは、ほぼすべて花嫁が右を向いている。もしかしたら、希望の向きを勘違いしているのかもしれない。しかし小峯はすこしも悪びれることなく言った。

「いや、でも、この人の利き顔左っすよね」

かちかちっとマウスを動かし、小峯が写真を拡大する。白いドレスを着た花嫁が、花婿と向かい合ってほほえんでいる写真。これが右、これが左、と小峯が表示を切り替える。

「うーん」

藺生は紙コップをかるくにぎり、もごもごと言った。「でもそれは小峯くんの意見であって、ご本人が左向きというなら、左向きが正解だと思う」

「は？　じゃあ宮本《みやもと》さんはどう思うんすか」

小峯に睨まれて、藺生は言葉につまった。たしかに右向きのほうが、輪郭がすっきりとして、表情が生き生きして見える。でもここでは、小峯や藺生の意見は関係ない。

「左の方がいいと思う」

藺生は目を逸《そ》らし、自分の席へと体を向けた。

「もうちょっと、自分だけじゃなくて、お客様のことを考えてほしいかも。これは、そういう仕事だからね」

小峯は隠しもせずに舌打ちをして、かちかちマウスを操作しながら画面に視線を戻した。藺生は腹のなかのもやもやしたものをだあ、と吐き出したい衝動をぐっとこらえてコーヒーをすする。

小峯には、ほかにも言いたいことがある。ファイルの保存名はいまだにテンプレート通りじゃないし、納品のカット数が200と決まっているのに多かったり少なかったりするし、機材の確認が雑でたまに三脚が足りなかったりする。そもそもあのプリン頭をどうにかしてほしい。主な現場はホテルだから、髪を暗色にするのは暗黙の掟《おきて》だ。でもこのスタジオ自体は髪色自由でアルバイトを募集しているから、上司も強制はできないまま今に至る。

そして藺生も、このもやもやを小峯に伝えることができなくてもどかしい。被写体とのトラブルを回避するように、後輩とだって揉《も》めたくはなかった。とくに小峯からはただでさえ嫌われているのに、これ以上関係を悪化させたくない。

「次の打ち合わせのメール、転送しておくね」

繭生はつとめてやわらかい声で言った。小峯はちらりと繭生を見て、「っす」と息を吐いた。返事だって、もっと明瞭《めいりょう》に、愛想よくしてほしい。みんなそうしているのに、小峯だけどうしてそんなに自由なんだろう。紙コップの中身は、いつのまにかきれいなカフェオレ色になっていた。繭生が溶けてしまったミルクだとすれば、小峯はたぶん、ずっと混ざらずに漂うことができるんだろう。繭生は、それが憎たらしくもあり、羨《うらや》ましくもあった。

まだ熱いカフェオレを一気に飲み干すと、喉の奥がひりひりした。

アパートの玄関前に置かれた段ボールは、大きさのわりにとても軽かった。靴を脱ぎ捨て、開封も風呂《ふろ》も着替えも放棄してベッドに沈み込みたくなったが、久しぶりに父から連絡があったことだし、繭生は箱を開けてみることにした。

カッターを使わずにべりべりと手でガムテープをはがす。もともと、口をふさぐガムテープがみょーんとななめにずれていて、手前側がわずかに開いた状態だった。中には、『芋俵　六個入り』と書かれた箱がぽつんと入っていた。

ふっと口元がゆるむ。昔の父なら中身のサイズにあった箱を探して、几帳面《きちょうめん》に緩衝材をつめ、エモい手紙のひとつでも付けそうなものだが、今はこれが精一杯なのだろう。

『届いてたよ。なつかしい』

メッセージに写真をつけようとして、はたと手を止める。父は、読み上げ機能でテキストを確認することはできても、繭生の写真をみることはもうできない。メッセージだけを送って、スマホから顔をあげる。アパートの壁には、額縁がひとつ、飾ってあった。

桜の木の下にたたずむ少女の切り絵。ふだんは背景と同化してなにも思わないのに、とつぜん懐かしさと痛みが胸に込み上げてきて、繭生は床に座ったままそっと目を伏せた。父が芋俵なんか送ってくるからだ。

繭生がこの絵を受け取ったのは、およそ九年前、中学の卒業式の日のことだった。担任が風邪をひいたとかで、謝恩会が延期になったので、午後の予定がぽっかり空いた。

卒業式に来ていた父親は、じゃあ寄席《よせ》に行こう、とうきうきした様子で提案した。ヨセってなに、と聞きたかったが、学校の敷地をじゅうぶんに離れるまで父となるべく離れて歩かなければならなかったので、正門を出て地下鉄の駅にたどりつくまで、繭生は黙って歩いた。

駅の改札をくぐったところで、父親を振り返る。

父は、地味な紺色のスーツに、なぜか、赤いサングラスをかけていた。顔からはみ出さんばかりの巨大なレンズの両脇には、高級ブランドのロゴマークがくっついている。出張の多い母親が、免税店で買わされたサングラスだった。こんなのかけられないよねえ、でもなんかおかしくて買っちゃった、と話していた。

父はふだん、装飾より機能性を重視した地味な服ばかり着ている。保護者席におかしなサングラスをかけた父の姿を見つけたときは、目を疑った。家に帰るまで他人のふりをしていようと思ったけれど、式が終わって集合写真を撮る時に、親友の由依《ゆい》にはすぐにバレて、腰がぬけるほど笑われた。

「それ、どうしたの」

父のサングラスを指差して尋ねたら、父は気まずそうに肩をすくめ、「はりきっておしゃれしたんだ」と答えた。

「ずっとつけたままのつもり？」

「うん、ほら、今日は特別な日だしさ」

父は話題を逸らしたいのかホームへ続く階段へすばやく体を向けた。「はやく行こう。昼の部が終わっちゃう」

なにか隠している、とは思ったが、問い詰めるのも面倒なので、繭生は制服のまま地下鉄に乗り込んだ。平日の昼間なので、車両は空《す》いている。父の隣に座ってから、繭生はようやく、ていうかヨセってなに、と尋ねた。

「あのね、たのしい場所だよ、まちがいない」

父はとたんに声をはずませた。

「落語だけじゃなくて、カミキリとかロウキョクとかダイカグラとか、いろんな演芸をやってるんだよ。今日は昼の部のトリがカエデヤホホウ師匠だから繭生にも見てほしいなあ」

何を言っているのか途中からさっぱり分からなかったが、大のおとながここまで目を輝かせているのだから、きっとおもしろい場所なのだろうと思った。実際はサングラスで見えないが、たぶん間違いない。

寄席ときいて和風な建物を勝手に想像していたが、〈百廣亭《ももひろてい》〉は一見区民ホールのような、古びたビルだった。都内に五箇所ある寄席のうちのひとつで、五十年前に神谷町《かみやちょう》から移築されたんだよ、と父が説明する。

建物の入り口には色とりどりののぼりがはためき、満開になった桃の花弁がひらひらと風に飛ばされてその縁を飾っていた。受付らしき小窓の上にはおおきな木の看板があり、出演者の名前が書かれた木札がずらりと並んでいる。日常の外側に足を踏み入れたようで、ちょっぴり胸が高鳴った。

客席の扉を開けると、ふわりと木材の香りがして、空気が切り替わったのが分かった。舞台に目を向けると、着物を着た男性が座布団のうえでなにかを早口にしゃべっている。あれが落語だろう。

正直、なにがおもしろいのかまったく分からなかった。知らない単語がたくさんで、早口でまくしたてるような言葉遣いも耳慣れなくて、なにを言っているのか聞き取れない。ときおりくすくすと笑い声があがるたびに、周りにあわせて口角をあげてみるけれど、おかしくはなかった。周りに座っているのはほとんど白髪頭のご老人たちで、なんだか自分は場違いのような気がした。

たのしい場所だと言われたのに、ずっとこれが続くのかと思うと、すこしがっかりした。

つぎに出てきた着物姿の男性も落語をやるのかと思ったら、ちがった。そのひとは紙と鋏《はさみ》を持って高座にあがってくると、「樺家《かばや》六助《ろくすけ》でございます」と愛想よく名乗った。腕を持ち上げ、すいすいと鋏を紙の上に泳がせたかと思えば、一分もしないうちに、紙を黒い厚紙にのせてこちらに向けた。

「もうじき桜の季節てェことで、ご挨拶《あいさつ》がわりの一枚です」

桜の木の下に、セーラー服の女の子が立っている絵だった。桜を見上げる少女の横顔も、風になびく髪の毛も、下書きなしで切ったなんて信じられないほどに精巧だ。なんだこれ、と思った。紙と鋏だけで、あんな一瞬で、絵を描けるなんて。あれが紙切りだよ、と父がささやいた。

「こちら、お客様に差し上げますが、ほしい方は……」

六助が言い終わらぬうちに父ががばっと手をあげた。つぎつぎに客席から手があがる。父が「あげてあげて」と繭生の肘《ひじ》をつつくので、繭生も仕方なく挙手した。ほんとうは、ちょっとだけ、ほしい気もした。

紙切りの師匠は楽しげな笑みを浮かべ、「じゃ、その、制服着たお客さん。取りに来てくれますか」と繭生を示した。繭生は数回、自分だよね、あってるよね、と周りをきょろきょろして父に確認し、やがて、どぎまぎと立ち上がった。卒業証書の授与よりも緊張しながら、小走りで舞台へ近づいていく。飴《あめ》色の舞台は、近くで見ると小さな傷やへこみがあって、年月を感じさせた。

「卒業式かい」

六助が尋ねた。制服の胸元に、花のコサージュを付けっぱなしにしていたことに、その時気がついた。かっと顔が熱くなったのをごまかすようにうなずくと、六助は「おめでとう」と笑って、紙を差し出した。

「たくさん勉強して、たくさんお金を稼いで、たくさん寄席に通って、俺達を食べさせてちょうだいね。きみは、寄席の希望の星だからね」

客席からわははと笑い声と拍手がこぼれて、繭生は恥ずかしいような、誇らしいような気持ちでいっぱいになった。足早に自分の席に戻る。

手のなかの、桜の木の下の少女の切り絵。なぜかそれは、卒業証書の筒よりもずっと、卒業を実感させた。笑い声に包まれる高座を見ているあいだじゅう、この制服をもう着ないことと か、由依と高校が分かれてしまうこととか、胸の底にたまったさびしさがじわじわ胸に染み出してきた。ここは、穏やかな笑い声といっしょに、感情まで素直にさせるような場所なのかもしれない。もうすこしだけ、コサージュを外さないでおこうと思えるくらいに。

それでもやっぱり、落語だけはどうも苦手だった。聞きづらいし、言葉を理解するまでに時間がかかるので、落語家の声と自分の脳内がどんどんずれていくかんじがして、たのしめなかった。

いよいよ昼の部の終わりに差し掛かると、父が繭生に耳打ちした。

「つぎが、トリの、楓家《かえでや》帆宝《ほほう》師匠だよ」

ひときわ大きな拍手がしたかと思うと、枯葉を煮詰めたような深い色の着物を着た老人が高座にあらわれた。老人はなめらかな動作で座布団に正座をして、観客の方へ頭を下げる。にごりのない白髪の下からのぞく一重瞼の眼光は、一度見たら目が離せなくなるような凄《すご》みがあった。

「本日はいっぱいのお運びを、ありがとうございます――」

老人が喋り出す。また落語だ、と繭生は内心ため息をついた。でもこれで、やっと帰れる。

言葉の羅列をたらたらと耳に流し込んでいたそのときだった。

――カシャン。

空気に小さな切れ目をいれるような、きれいにとがった音がした。

その音だけは、よく分からない言葉の羅列を飛び越えて、繭生の耳にはっきりと届いた。カシャン。繭生の耳は自然とその音を追い、それが高座の右手側から聞こえてくることに気がつく。

すぱんと何かが切れるような、気持ちのいい音だった。シャッターの音に耳を澄ますうち、同じ方向から聞こえてくる老人の声までも、不思議と鮮明になっていく。

それからの時間はまるで魔法だった。

高座が終わる頃には、繭生は老人が喋る落語を聞き、手を叩いて笑っていた。

以来、繭生は父と共に毎週のように寄席に通った。落語もすんなりと聞けるようになって、高座をずっと見ていたい、と思うようになった。それが途絶えた日のことを思い出すと、ひゅっと胃のあたりが締め付けられる。

切り絵に背を向け、もう寝てしまおうとベッドに這いあがろうとしたそのとき、ブーッブーッとスマホが震えた。慌てて画面をみると、父だった。

「え、あ、もしもし」

「――芋屋で釣りをもらうのを忘れちまってねえ、」

むだに芝居がかった声がした。

「――この俵ァあずかってもらえませんかね」

「だめです。切るよ」

「えー、待って待って。べつにあやしいもんは入ってないですからあ」

気の抜けた喋り方に思わず吹き出す。『芋俵《いもだわら》』は、泥棒が芋俵のなかにかくれて、店に侵入しようとする落語の演目だ。仲間たちが、あやしいもんは入ってませんから、と、泥棒入りの芋俵を店に置いて逃げる場面はほんとうにおかしい。

「はいはい。それよりねえ、これどうしたの」

繭生はとんとんと箱を指先でたたく。落語の名前がつけられた秋限定のお菓子。〈百廣亭〉の帰り道によく買って帰っていた。

「もしかして買いに行ったの?」

「ううん、たまたまお母さんが近くまで行く用事があったから、買ってきてもらったんだよ」

「そうなんだ」

「でもそろそろ、ひとりで行けそうな気がするんだよねえ」

父はのんびりと言った。

「歩行訓練も行ってるし、最近は二駅くらいなら電車も乗れるし」

「え、すごいじゃん」

「でしょ？　だから近いうちに挑戦してみようかなって。そしたら繭生ともさ、また寄席に行けるよね。どっかで待ち合わせたりして」

べつに、いくらでも、私が家から連れていってあげるのに。頭にはすぐに浮かぶのに、声になるのは別の言葉だった。

「しばらくは仕事忙しいから厳しいかも」

「あ、そう？」

「でもすごいじゃんお父さん。行く時は気をつけてね。できればお母さんについていってもらえると安心なんだけど」

「いやいやあ」と父が笑う。

「お母さんの忙しさは知ってるでしょ。今日だってついさっき帰ってきて即ベッドで意識失ってる」

ちょっと自分に似たものを感じた。大手の商社に勤める母は、家にいる時間が昔から少ない。家事も役所手続きも繭生の授業参観も、すべて専業主夫の父がやってきた。今は週に三回、ヘルパーさんが来ているらしい。

「とりあえずひとりで行ってみるよ、冒険ってことで。あんがい周りのひとたち、親切にしてくれるし」

「そう。でも、気をつけてよ」

「大丈夫大丈夫。じゃ、繭生も仕事がんばってね」

「ん。おやすみ」

電話を切って、繭生はふうとため息をついた。こうやって、ゆるやかに父と距離を取ってしまう自分は、なんなんだろう、と思う。実家にはお正月以来帰っていない。気づけばお盆も過ぎて、もう十月だ。透明な隔たりを、繭生は、どうすることもできないでいる。

顔をあげた拍子に、切り絵が目の端に触れる。あの日父がかけていた赤いサングラスが、いやでも頭に浮かんだ。

あのサングラスの理由を知ったのは、その翌日だった。春休みの初日、惰眠をむさぼって昼頃に目を覚ますと、父は出かける準備をしていた。

「どこいくの」

「ちょっと、病院」

そういうと父は、慌てたように赤いサングラスをかけた。

「病院にそれかけていくのはどうかと思う」

「いやちがうんだよ。手術の前と後は、なるべく日光とか、光の刺激を避けるように言われてるの。でもうちのサングラス、これしかないじゃない？」

繭生は耳を疑った。

「手術？」

「心配しないで、日帰りだから」

「えっ、なんの手術なの？」

「白内障」

ずがーんと雷が落ちたように繭生は硬直した。聞き覚えがあるようなないようなその言葉は、その時の繭生にとっては余命宣告のように重たく響いた。

「な、なんで隠してたの？　お父さん目見えなくなっちゃうの？」

飛びかからんばかりの剣幕で迫ってくる娘に、父はいやあ……と首をすくめた。

「あんまり深刻になられてもなんか怖いじゃん、僕が。ていうかほら、ぜんぜんたいしたやつじゃないから。お父さんのお母さんも白内障の手術して、今はけろっと治ってるし。ね」

「なんだ」

繭生はあっさり引き下がった。

「それなら早く言ってよ。早とちりして恥ずかしいじゃん」

「すいません」

父は宣言通り、けろっと手術を終えて帰ってきた。経過も良好で、それからしばらく、繭生は父が手術をしたことすら忘れていたくらいだった。

芋俵をがさごそ開封して、ひとつ口に放り込むと、芋あんのやわらかい味がした。緑茶が欲しくなったけど、自分でいれるのはめんどうだった。でも父は、当たり前のようにお菓子にはお茶をいれてくれたな、と思う。

父の視力は、徐々に落ちていった。三回目の手術の日が、藺生が最後に寄席をおとずれた日だった。父は今、ほとんど視力がなく、わずかな明暗しか分からない。

藺生はのろのろと体を起こし、ベッドに突っ伏した。明日も撮影だ。たとえ父に見てもらえなくとも、藺生はシャッターを切らなければならない。いっそ写真ごと捨ててしまえたら楽なのに、その勇気すら自分にはない。口の中にひっかかった芋の皮の破片が、ほろ苦かった。

2

窓の外はざあざあと雨が降っている。十月も三週目だというのに、気持ちのいい晴れの日がまだ一日もない。気温も例年よりずっと低く、紅葉が各地で早まっているらしい。西の方では台風が来ているようで、その日はとくに降水量が多かった。

午前中の仕事を終え、藺生は小峯と共にホテル『水嶺苑』に向かった。雨に濡《ぬ》れた車窓から、水嶺苑を囲む林がちらりと見えると、気分がすこし上向きになる。提携する式場のなかでも、水嶺苑はひそかに藺生のお気に入りだった。

木々に囲まれた建築はうつくしく、どこで写真を撮ってもさまになる。とくに、座敷で和装を撮るとき、藺生は胸の奥になにか熱いものがちりっと爆《は》ぜるのを感じる。痛みの混じった火種を、藺生はそのたびに胸の奥に押し込める。

スタジオのワゴンを通用口に駐車して、スタッフルームへ向かう。ドアを開けると、プランナーの園田が「あ、おつかれさまー」と顔をあげた。

「おーおー、あいかわらずすごい頭だねきみは」

小峯を見上げて、園田は屈託なく笑った。完璧に夜会巻きされた髪がつやりと光る。

「プリンっていうか、ピカチュウの尻尾《しっぽ》みたい。いや、カステラか。ティラミス？」

「例えがぜんぜんしっくりこないすけど」

「ほら、黒と金で層になってるでしょ。あ、そういうゼリーもたまにあるわよね。根本プリンじゃなくて二層ゼリーとかって言えば、おしゃれ度が増しそう」

「めちゃくちゃばかにしてますよね」

「そう思うなら根本染めたらいいじゃないの。ね、宮本さん」

藺生は首をすくめてちらりと小峯を見た。

「それでいくと、ようかんになったらいいなとは思いますけど」

あずきか黒糖味の。小峯は仏頂面で「髪色規定ないんじゃないんすか」と言った。

「規則上はないけど、常識っていうか……」

「常識ってなんすか。そうして欲しかったんなら直接言えばいいじゃないすか」

「い、言ったら変えてくれるの？」

「金ないんでカラー代会社から出るんなら変えますけど」

「なに揉めてんの」と園田が割り込む。「しょうじきクレームさえ出なきゃ頭が何色でもかまやしないわよ。はい、お客様のプロフィール共有するからね、座ってー」

繭生と小峯はおとなしくパイプ椅子に腰掛ける。園田の存在も、水嶺苑を好きな理由のひとつだった。外部のスタッフにもこうしてあっけらかんと接してくれるから、居心地がいい。

園田はさっとタブレットを取り出すと、打ち合わせの議事録を開いた。初回の打ち合わせは、プランナーと新郎新婦とですでに行われていて、齟齬《そご》が生じないようその内容は電子的に保管されている。

「新婦が菅井《すがい》様、新郎が尾崎《おざき》様。水嶺苑《うち》で、前撮りと、お式の両方を予定されてます。前撮りは二週間後、式は来月ね。カメラマンの持ち込みはないから、どっちもポラリスさんにお願いしてる。担当は変わらないわよね？」

「はい、私と小峯が担当します」

繭生はカレンダーを見て、首をかしげた。

「けっこうスケジュールがタイトですね」

「そうなのよ」

園田がおおきくうなずく。

「本当は年明けの予定だったんだけど、できれば秋にやりたいってずっとおっしゃってたの。ちょうど先月キャンセルが出たから、ご希望通り早めることになったのよね」

十月から十二月にかけては、どの式場も予約が混み合う。この時期にすべりこむことができたこのカップルはかなりラッキーだ。

「お衣装はすべて和装で、持ち込みです。メールにも書いたけど、お母様から譲り受けたものだそうです。スタイリストにはすでに伝えてあるけど、取り扱いにはじゅうぶんに気をつけてください」

園田の声に真剣な空気が混じる。持ち込みの衣装は、レンタルとちがって、取り返しのつかないトラブルにつながることがある。過去に、花嫁の母親のものだという真珠のネックレスがなくなって、式は中止、訴訟にまで発展したケースに園田は遭遇したらしい。

「撮影のプランはお衣装に合わせて作ってもらったと思うけど、昨日送ってもらったもので大丈夫ね？」

「はい、今日の打ち合わせで、ご希望があればすり合わせたいと思います」

園田はすっとフランクな表情に戻って、ほほえむ。

「まあ心配はしてないけどね。宮本さんは和装の撮影、得意だから」

小峯が意外そうに片眉をあげた。「そうなんすか？」

「あなたアシスタントなのに先輩の写真見てないの？」

「宮本さんのアシやるの洋装ばっかだったんで」

「あらもったいない。宮本さんはねー、バランスとんのがうまいの。着物って着慣れてないとどこかぎこちないでしょ？　そういうのをうまくごまかして、きれいに魅せるのよね、宮本さんの写真は」

繭生はいやいやそんなことないですともごもごご顔を伏せた。褒められるのには慣れていない。しかし小峯の次の一言に、顔をあげざるを得なくなった。

「だからドレスん時やる気ないんすか?」

正面から、小峯の視線が突き刺さる。苛立ったような、ばかにするような声だった。

「え?」

「宮本さん、客のいうことになんでも従って、写真のことは二の次じゃないすか。和装だけうまく撮れるとか、そんな奇跡みたいなことあるんすか」

繭生は言葉を失った。反論したかったのに、声は一言も出てこない。園田が「おいおい小峯くん」と、ぽんと肩に手を置いた。

「さすがにそれは失礼だよね。お客様のご希望を叶《かな》えてこそのウェディングフォトでしょ?だいたい、きみつい最近はいったばかりのバイトだよね、そりゃ宮本さんと年は近いかもしれないけど、四年っていう経験の差は大きいよ。ちゃんとリスペクトしなさい」

小峯は無表情に「っす」とつぶやいた。園田は腕時計に視線をやり、「そろそろ行きましょうか」と立ち上がる。

「あ、最後にお名前の確認だけど、新婦が菅井水帆《みずほ》様、新郎が尾崎大智《だいち》様。たいちじゃなくて、だいちね」

はい、と返事をする自分の声がやけにはきはきと聞こえた。廊下を歩きながら、過去の記憶がぼんやりと浮かび上がってくる。

真っ暗な舞台袖。刺すような一重瞼。小峯の視線は、あのひとに似ていた。

――ひとと向き合えないあんたに、演芸は、撮れない。

藺生は体の横でぎゅっと拳を握った。私はもう、演芸を撮ろうとしているわけじゃない。園田は褒めてくれた。藺生の写真をよろこんでくれた夫婦が手紙をくれたこともある。今は、シャッターを切ってさえいればお金がもらえる。私はなにも間違ってない。

顔をあげ、つぎの被写体が待つ部屋へと、のしのしと広い歩幅で進んでいく。


応接室のドアを、園田がコンコンとノックする。どうぞー、と声がして、園田につづいて藺生は入室した。庭園をのぞむ応接室の上座には、男性がひとり腰掛けていた。

かるく挨拶を交わすあいだ、きょろりと部屋を見回したが、女性の姿がどこにもない。「菅井様は……」と園田が尋ねると、新郎は「ああ、すみません」と困ったように眉尻をさげた。

「今日、大雨で新幹線が遅れてるみたいです。さっき連絡があったので、もうそろそろ着くと思います」

どことなく、周りの警戒心をほどいてしまうような、のんびりした雰囲気を持ったひとだった。

「あら、お仕事ですか？」

「はい、今日は名古屋《なごや》の方だったかな」

「やっぱりお忙しいんですねえ、土日だとなおさらですか」

大智はにこやかに首をすくめた。

「そうですねえ、まあ、会社員の僕とは全然ちがいます。寄席は年中無休ですし」

——寄席？

聞き間違いだろうか、と思った。会話についていけない繭生と小峯を見て、園田はあきらかに「あ、言い忘れてた」という顔をした。

「菅井様は、落語家さんでいらっしゃるのよ」

体に、びりびりっと電流が走った。

と同時に、カチャン、とドアが開く音がした。はっと入り口を見ると、ショートヘアの女性が立っている。彼女は部屋に一歩踏み入れるなり直角に頭を下げた。

「遅くなりまして、申し訳ありません」

低く凜《りん》とした声が部屋に響く。

「これ、お詫《わ》びのお菓子です。みなさんで召し上がってください」

女性が紙袋を差し出すと、園田は「そんなそんな」と恐縮した。「お天気は菅井様のせいじゃないんですから、お気遣いにはおよびませんよ」

「いいえ、わたしが時間に余裕を持って出ればよかっただけのことですから。どうぞみなさんで」

落ち着いた低い声を聞きながら、夢を見ているのだろうか、と繭生は思った。

「恐れ入ります」と頭を下げて、園田がうやうやしく紙袋を受け取る。紙袋には『名古屋銘菓ういろう』と大きく印字されていた。

「まあ、菅井様、わざわざ名古屋で買ってきてくださったんですか？　ほんとうに恐れ入ります」

　女性は真面目な顔で首を横に振った。

「いえ、東京駅で買いました。せこい真似をして申し訳ありません」

「そこは黙ってればいいのに」

　大智がのんびりと笑う。女性はもう一度「申し訳ありませんでした」ときびきび頭を下げ、大智の隣に腰掛けた。園田が「では、はじめましょうか」と声をかけ、下座に座る。自分の鼓動が、ばくばくと速度を増しているのが分かった。

「撮影を担当いたします、カメラマンの宮本と、アシスタントの小峯です」

　園田の紹介をうけて、正面から、女性と目があった。切れ長の一重瞼。少年のような太い眉。低くとおる声。落語家。菅井、水帆。みずほ。

　ごくり、と繭生は唾《つば》をのんだ。

　目の前に――楓家みず帆が、いる。

「み、宮本繭生です。よろしくお願いいたします」

　掠《かす》れた声で繭生は挨拶をした。名刺を差し出しながら、みず帆の表情をうかがったが、繭生を覚えているのかいないのかも分からなかった。あの日は、繭生にとっては人生の分岐点でも、みず帆にとっては年中無休の一日のうちのひとつだったのだろうか。

　園田は打ち合わせの議題を軽くさらってから、さっそく、前撮りについての話題に入った。衣装合わせの日程、衣装の郵送、ヘアメイクのリハーサルの有無などを確認してから、繭生にタブレットを渡す。

「では、前撮りの撮影プランについては、宮本からご説明します」

園田の視線を受けて、心拍数が再び上昇するのを感じた。みず帆の前で、失敗はしたくない。とくに写真においては、二度と。繭生はモニタにパワーポイントを表示させた。

「事前に送っていただいた衣装のお写真、拝見しました。そちらに合わせてロケーションを選びましたので、ご説明させていただきます」

長い大廊下にたたずむカット、宴会場の広い座敷にふたりで並んだカット、庭園をのぞむ和室でのカット。写真を見ながら喋っているうちに、だんだんと自信がわいてきた。

水嶺苑はどこで撮っても着物がよく映える。今日紹介しているのも、過去に白無垢姿を幾度も撮影してきた、まずまちがいのないロケーションだ。ここでみず帆を撮影できると思うと、胸のそこで、興奮に似た感情がじわっと温度を上げる。

「以上となりますが、いかがでしょうか」

繭生はみず帆たちを振り向いた。

「いいと思います」大智はわくわくした目でうなずいた。

「こんなきれいな場所で撮ってもらえるなんて、なんか恐れ多いぐらい。緑も多くて、建物も立派で。緊張しちゃうなあ」

みず帆はどう、と大智が尋ねる。みず帆は、すっと首を持ち上げて、一言、言った。

「椿」

その場にいた全員の頭にはてなマークが浮かんだ。みず帆は大廊下の写真を指差した。

「ここの壁紙は、椿の花模様」

そしてつぎつぎに写真を示し、「このホールは絨毯が桜。天井には鶴が飛んでる。この宴会場は雲の紋、それから扇も」と言葉を続けた。

「それがどうかしたの？」

きょとんとした大智の問いには答えずに、みず帆はじっと繭生だけを見ていた。

「白無垢の写真、ほんとうに見たんですか」

その声は、あからさまに不機嫌でも怒っているでもないのに、足の裏がぞわっとするような迫力があった。

「み……見ました」

「じゃあわたしが送り間違えたのかもしれません。開いてみてもらえますか」

繭生は慌てて端末で写真を捜した。焦りがぐるぐると身体中にうずまく。自分はなにを間違えたんだろう、衣装と色のかぶらない背景を選んだし、写りだって悪くないはずで、これまでだって誰からもクレームなんかなかったのに――フォルダから写真を見つけて、表示する。

「こ、この衣装でお間違いないですか」

モニタに映し出された白無垢を見つめ、繭生は、はっとかたまった。

「間違いないです」

色じゃない。形でもない。無表情に、みず帆は首をかしげた。

「この地模様がなにか、あなたは知ってるでしょう」

心臓がばくんと跳ねた。このひとは、ぜんぶ覚えている。冷や汗が背中にどっと吹き出た。

「えっとごめん、ぜんぜんついていけないんだけど、どういうこと？」

困惑げに大智が首をひねる。みず帆は自分で説明してくださいと言いたげに藹生をちらりと見て口を閉ざした。藹生はぎゅっと唇をかみ、ゆっくりとモニタを指した。

「――水に楓《かえで》、です」

白無垢の生地を見つめ、藹生は掠れた声で言葉を続けた。

「地模様は、楓の葉が川に流れる、秋の風景です。私の選んだロケーションだと、季節も、模様も、ばらばらです」

それでは、模様同士がぶつかりあって、白無垢をころしてしまう。

水に楓は、楓家の定紋でもある。新郎が着る紋付も、水に楓の紋だったことを、藹生は見落としていた。そもそも、見ようともしていなかったのかもしれない。

一重の瞳が、鋭く藹生をとらえる。

「あんたは、逃げ出したままなんだ」

ぼそりと呟くと、みず帆は園田に視線を向けた。

「このプランじゃ撮影はできません。カメラマンを変えてもらえますか」

「ええ、それは言いすぎじゃない？」

大智がおどろいたようにみず帆を見る。

「そんな模様があること、僕、いま知ったくらいだよ」

「は？　それは知っておいてほしいんだけど」

「でもさ、変えてもらうことないでしょ。これからいっしょに考えたらいいじゃない、どのロケーションなら納得できるのか」

藺生はすがるように顔をあげた。

「も、もう一度、時間をいただけませんか。次は必ず納得のいくものを――」

「そういう問題じゃない」

みず帆は容赦なく藺生を遮った。

「あんたに写真を撮ってほしくないの」

あの時と同じ、有無を言わさぬ声だった。一度自分で決めたことを、このひとは意地でも覆さない。藺生は抜き打ち試験にあっけなく落ちたのだ。情けなくて、喉の奥が締め付けられるように熱い。

この四年間、自分は一体なにをしてきたんだろう。

「みず帆、さすがにそこまで言わなくても」

「このひと、寄席にいたの」

みず帆は冷たく言い放った。

「四年前、わたしの高座を盗撮して、逃げたの。そんなひとを信頼できると思う？」

ぱちん、と頬を張られたみたいに、目の前が赤くはじけた。部屋の空気は一瞬で凍りつき、全員の視線が自分に集中するのが分かる。羞恥《しゅうち》と後悔が一気に押し寄せて、かっと頭に血がのぼり、四肢は逆さまに冷えていく。

「とにかく今日は、前撮りの話はできません。次のカメラマンさんから話を聞きます。それでいいですか」

みず帆は園田に向かって確かめた。もう繭生のことなど目にも入っていないようだった。園田は困惑げに繭生を見つめている。まるで脳の回線がショートしたかのように、どうしたらいいかさっぱりわからない。謝らなければ。でも、事情を知らないひとが大勢いるこの場所で？それとも、ぜんぶを話して許しを乞《こ》うべきなのだろうか？　でも、ここは打ち合わせの場所で、だから。唇だけが震えて、なにも言葉が出てこない。

「あの」

張り詰めた沈黙をやぶったのは、小峯だった。

「提案があるんすけど」

小峯は窓の向こうを指差して言った。

「庭園で撮影するのはどうですか」

ぎくっとした。持ち込みの衣装、とくに白無垢は、裾が汚れるのを避けるために、屋外での撮影はこちらからは提案しない。はらはらする繭生の顔など一ミリも眼中にないようすで、小峯は言葉を続ける。

「撮影の頃って紅葉してるはずなんで、それなら白無垢の地模様が映えるんじゃないかと。他の柄と競い合うこともないですし」

それから、と小峯がちらりと園田を見る。「この時期、夜間のライトアップやってますよね？」

「え、ああ……そうね」

「なら季節限定で特別感もありますし。それに、この衣装は、背景が暗ければより際立つと思います。いい写真になると思うんすけど、どうっすかね」

淡々と話す小峯を見て、みず帆はしばらく黙った。そしてあっさり「じゃあそうします」とうなずいた。

「撮影も、あなたにお願いします」

小峯の顔が、おどろきに染まった。いいですよね、とみず帆は園田を見て言う。焦りがぎゅんっと込み上げてきて、「か、彼はアルバイトです」と繭生は思わず割り込んだ。

「撮影を任せるのは、ちょっと」

「じゃあ上司にかけあうから連絡先を教えてください。別のひとに引き継ぐより彼がカメラ持った方がかんたんでしょう？　彼のアイデアなんですから」

繭生は言葉を失った。園田はすこしとまどったようすで、けれど穏やかに、「承知いたしました。こちらからフォトスタジオの方に確認いたします」と答えた。

「ただ、メインのカメラマンは変更するとして、スケジュールの都合上、宮本がアシスタントとして参加することになるかもしれませんが、構いませんか」

「シャッターを切らないのならどうぞ」

みず帆は無表情に言った。園田が心配そうに、「それでいいですか」と繭生に尋ねる。膝《ひざ》のうえでぎゅっと指を握りこめて、繭生は「わかりました」と掠れた声を絞りだした。

前撮りの話はそこで終わり、それから披露宴の装花、タイムスケジュールや司会、席決めの話をして、打ち合わせは終わった。そのあいだ、みず帆と目があうことはなく、話の内容もぼんやりとしか頭に入ってこなかった。大智と共に立ち上がったみず帆に、繭生は「あ、あの」と声を絞り出す。

「あの時は、申し訳ありませんでした――」

みず帆は、感情のない一重瞼で繭生を見た。

「真嶋《ましま》さんがあなたを捜してた」

業務的な声だった。

「でも、わたしは、二度と戻ってきてほしくない」

がつん、と頭を殴られたようだった。うすっぺらい謝罪は受け取られることなく宙を漂い、繭生は、廊下に消えていく後ろ姿を追いかけることすらできなかった。四年分溜《た》めこんだ罪悪感が、重たく自分を縛り付けていた。

――あんたは、逃げ出したままなんだ。

ロビーの向こうで、雨に濡れて色濃くなった木々が、ざわざわと揺れている。

スタッフルームに戻るなり、園田は呆然《ぼうぜん》として「なんだったのよ今のは」とパイプ椅子に脱力した。

「宮本さん、菅井様とお知り合いだったの?」

「知り合いというか……はい。面識はあります」

「盗撮だなんて、なにかの勘違いとしか思えないんだけど」

そうです、と言えたらどれだけよかっただろう。繭生は力なく首を振った。

「菅井様の、いうとおりです。勝手に写真を撮って、ちゃんと謝罪もしないままでした」

「でもそれって、客席から撮ったとかじゃないの? 芸人さんならそれぐらいたまにあるでしょうに、あんなに怒るもの?」

きゅっと拳を握って、繭生は言った。

「舞台袖からです」

はっと、園田と小峯の視線が集まる。

「まさか、無断で侵入したの?」

「半分は、そうです」

「どういうことですか」

繭生はこくりと唾をのんだ。

「私は、寄席で、アシスタントをしてたんです。写真家さんの」

「そうなの？　誰の？」

園田の問いに、繭生は喉がつまるような感覚を覚えながら、口を開いた。

「真嶋光一《こういち》という、演芸写真家です」

なにそれ、と園田はすっかり気の抜けた声を出した。

「いつ、何歳のとき？」

「四年前です。二十歳のとき、八ヶ月だけ」


高校を出てすぐに、繭生は写真の専門学校にはいった。二年制の学校だが、基礎の授業は一年次に集中しているので、二年次は就活やインターンなど学外の活動にあてることができる。繭生も一年目を終えてすぐの三月、就活をはじめるかわりに、真嶋を捜して寄席をまわった。

写真を仕事にするのなら、ファッションも広告も考えられなかった。そもそも繭生が写真の道を目指したきっかけは、真嶋だった。

「写真のお手伝いをさせてもらえませんか」

〈百廣亭〉の楽屋口で、繭生は真嶋に向かって声をかけた。緊張で、今にも心臓が飛び出しそうだった。真嶋は上下真っ黒な服を着ていて、手足はひじきのように細く、頼りないかんじがした。

「え」

待ち構えていた繭生を、真嶋はおどろきに満ちた表情で見つめた。年齢は繭生の父親と同じくらいだけれど、瞳の奥にはどこか浮世離れした幼い雰囲気がある。ぎこちなく視線を逸らすと、真嶋はひとりごとのように言った。

「あの、赤いサングラスのひとの、娘さんか」

その時ばかりは、おかしな格好をしていた父に感謝した。実のところ、自分のことを覚えているかもしれない、という予感もあった。あの卒業式の日、父と繭生はたまたま、〈百廣亭〉の前で真嶋に写真を撮ってもらったのだ。

真嶋は地面に目を泳がせ、不思議そうに、理由は？　と尋ねた。

「『花見《はなみ》の仇討《あだう》ち』です」

どぎまぎしながら、繭生は答えた。真嶋はきょとんとしていたが、理由を聞くと、どこか照れたように目を逸らした。目を合わせるのが苦手なようだった。

やがて真嶋は、「ふたつ、約束を守れるなら」と、か細い声で答えた。

ひとつは、遅刻をしないこと。

もうひとつは、演者に許可なく写真を撮らないこと。

繭生は「約束します」とうなずいた。内心、ずいぶん当たり前のことを言うのだな、と思った。それから繭生は、真嶋にくっついて寄席やホールやスタジオを毎日めぐるようになった。

「ぜんぜん知らなかった。待って、頭が追いつかない。あ、だから着物撮るのうまいの？　とにかく、その話は今度ゆっくり聞くわ。とりあえず小峯くん」

園田は慌ただしく小峯を見上げた。

「撮影プラン作ってきて。あたしからも連絡しとくけど、それ佐々木《ささき》さんに見せてから、ほんとうにあなたが撮影するか決めてもらうから」

「っす」

佐々木というのは、フォトスタジオ『ポラリス』の責任者の名前だ。

園田は腕時計を見て、「ああもう」と立ち上がった。「悪いけど、明日のお式の準備があるから、行かなきゃ。ういろう、てきとうに分けといてくれたらいいから。おつかれさま」

そしてすれ違いざまに繭生の肩をたたき、「宮本さんのことだから」と言った。

「なにか事情があったんでしょ。菅井様のことはあんまり考えすぎないで、忘れちゃいなさい。ほかにも撮影は山ほどあるんだから」

去っていく園田の後ろ姿を、繭生はぼーっと見送る。事情というものがあったなら、まだ救いがあったのに。そして園田のいうとおり、繭生は明日からも、ウェディングフォトを撮り続けなくてはならない。

「ういろう、何個持ってきます?」

包装紙に十二個入り、と書いてあったので、「四個くらいにしとこっか」と繭生は言った。ついでに小峯をちらりと見上げ、「さっきはありがとう」と小さく口にした。

「なにがすか」

「助け舟だしてくれて」

「そういうつもりだったわけじゃないっすけど」

小峯は十二個入りのういろうの箱に手を伸ばし、いち、にい、さん、よん、と数えてから、紙袋に移し替えた。

「でも正直意外でした。宮本さんてそんな度胸あったんすね」

「え？」

「やっちゃいけないことやったんでしょ。今じゃ考えられないんで」

藺生はもごっと顔を伏せる。「そうだね、二度とやらないと思う、ていうか、できない」

「そこまでしてあのひとのこと撮りたかったんすか？　そん時は」

照明に、小峯の金色の髪が淡く光った。

記憶がふっと脳裏をよぎる。この丸太ん棒。舞台裏の暗闇、みず帆の鼻の頭に光る汗、スポットライトの熱。にぎりしめたカメラの、ひんやりと重たい感触。胸の底の火種が、ぎゅんと燃え上がりそうになる。

「……どうだろう」

藺生ははぐらかした。「ただ、ばかだっただけかも」

「でも今よりはマシじゃないすか」

「どういう意味」

「だって宮本さん、ぜんぜん悔しそうじゃないっすよね。バイトに仕事取られたのに、ずっと別のこと考えてる。つうか、宮本さんって、この仕事続けるつもりあります？」

ざあざあと雨の降る音が、とおくで聞こえた。

「そんなこと知って、どうするの」

「俺、社員になりたいんすよ。フルタイムでウェディングフォト、撮りたいんです」

小峯はとつぜん言った。

「面接のとき、今は正社員の採用枠がないから、バイトでってことになって。もし宮本さんがやめるなら、俺、その枠で社員になれるんじゃないかなって」

「待って。なんで私がやめることになってるの」

「仕事やめたい人の気配ってなんとなく分かるんで。宮本さんは、そういう人っすよね」

ぞくっとした。

「じゃあその枠、俺にくださいよ」

自分すら見ることのできない胸の深い部分を覗かれたようだった。いや、逆なんだろうか。自分だけが見ないようにしていたから、他人には、あきらかだった？

「まだ撮影したこともないくせに」

「これからするんで」

「佐々木さんからオーケーでたわけじゃないでしょ」

「どうせ出ますよ。この時期人手足りないんでしょ」

小峯は紙袋を下げてくるりと出口を向いた。

「ういろうってようかんとどうちがうんすかね」

その質問に答える気にはとてもならなかった。ただひとつ思ったのは、ぜったいにやめてやらないぞ、ということだった。たしかに藺生は義務だけでシャッターを切ってきたかもしれない。でもそれで給料をもらって何が悪い。どうせ寄席には戻れない。小峯の思い通りにしてなるものか。

通用口を出たとたん、ざあっと雨交じりの強風が吹きつけて、プリン頭はたちまちぐしゃぐしゃになった。あーもー、と苛立ったように手で髪を押さえつける姿を見て、ちょっとせいせいした。

翌週、事務所でバッテリーの充電を確認していると、「宮本」と声をかけられた。振り向くと、ドアの向こうに佐々木が立っている。

「今ちょっと時間いい？」

「あ、はい」

ちょいちょいと手招きをされて、藺生は佐々木のオフィスへ向かう。なんの話かは見当がついているので、気が重い。後ろ手にゆっくりとオフィスのドアを閉めると、佐々木は「園田さんからね、連絡あったよ」とかるい調子で切り出した。

「小峯に撮影担当させてくれって、ほんとう？」

「はい。私がミスをして、お客様から担当をはずれるように言われました」

「どんなミス?」

地模様を見落としたことを説明すると、佐々木は意外そうに目を丸くした。

「へえ、宮本が、めずらしいね」

「すみません」

「でも、お客さんの方もレアじゃない?」

眼鏡のブリッジを押し上げて佐々木が言う。

「さいきんは、模様の季節自体、気にしないひとがほとんどじゃない。それに、白無垢の地模様って、写真だとなおさらだけど、ぱっと見は分からないよね。さすがに振袖とか、色打掛とかなら模様を気にするお客さんはいるけど、白無垢でそこまでって何年ぶりだろう」

みず帆だって、見ず知らずのカメラマンだったらあそこまでは言わなかっただろう。

「申し訳ありませんでした」

藺生が頭を下げようとすると、そういうのはいいよー、と佐々木はひらひら手を振って制した。「今後気をつけてくれたらいいから」

「はい」

「聞きたかったのは、小峯のこと。彼、現場ではどう? メインの撮影、できそう?」

藺生は一瞬口ごもったが、正直に「厳しいと思います」と言った。

機材の扱いも雑だし、指示するまで動かないし、態度もよくない。他の同僚たちが同じような意見を言っているのを、藺生はスタジオのあちこちで耳にしていた。

「お客様とコミュニケーションがとれるかどうか不安です」

「やっぱ、そうだよね」

佐々木は苦笑いを浮かべた。「そもそもアルバイトに撮影まかせるなんて前代未聞だしね。でも、他のカメラマンに交代するにしても、今からじゃスケジュールあうかなーっていう」

カレンダーを表示しているのだろう、佐々木はかちかちとマウスを動かして首をひねった。みず帆の撮影は、翌週に迫っている。画面を見つめて、あー、ここなら入れ替えられるかな、とか、うーん、とか唸《うな》り声をあげる。なにか考え込むように口をつぐんだかと思うと、佐々木はしずかに呟いた。

「でも俺、じつは、小峯の写真が見てみたくもあるんだよね」

眼鏡の奥の瞳には、好奇心がにじんでいた。

「小峯って、じつは社員志望なの、知ってた？」

「はい、ちらっとですけど」

「じゃあ、わざわざうちを受けた理由、聞いてる？」

「いえ」

言われてみれば、フリーでもウェディングの撮影はできる。小峯はあきらかに組織に属するのが苦手そうなのに、どうしてだろう。にっと佐々木は片頬をあげた。

「まあ、それは本人に直接聞いてみて。とにかく小峯はさ、ウェディングフォトに情熱があることはたしかなんだよね。初日だけ俺の現場についてきてもらったんだけど、とつぜん鋭いことを言うんで驚いた」

　それは、藺生にも覚えがあった。認めるのはしゃくだが、ドレスの形や、背景との見栄えを、小峯はたしかによく見ている。

「正直俺は、小峯に任せてみたい。もちろん、トラブルのリスクがあることも分かってる。だから、サポート役を宮本にやってもらうってのはどうかな」

「アシスタントってことですか」

「まあそうなんだけど、監督役も兼ねてほしい。小峯の写真が、商品としてのクオリティにちゃんと達しているか見てあげて。もしだめそうなら、手取り足取り指示すること。最悪、シャッターさえ小峯が切っていればいいんだから」

　じわっと嫌な汗が手のひらに滲《にじ》む。藺生が一番苦手とするところだ。戸惑いを読み取ってか、佐々木はふっとうすく笑った。「まあさすがに小峯もそこまで無能ではないと思うけどね」

　そしてデスク越しにまっすぐ藺生を見た。

「宮本はさ、だれかにダメ出しするぐらいなら自分で撮りたいって思う?」

　藺生はためらいがちにうなずいた。教える、という行為を一枚かむより、自分で撮ったほうが早い。意見がぶつかる心配もない。

「分かるよ、でもさ、後輩に技術を伝達するのも大事じゃない?」

「教えるほどの技術は、ないと思うので」

「自分がいいと思うものを伝えるだけだよ。それを吸収するかしないかは相手に託せばいい。

謙虚でいることと、なにもせず自分の殻に閉じこもってることはちがう」

どしんと重たいものが体の中心に落ちてきたようだった。

「俺たちはひとを撮ってる。いい写真の基準はそれぞれ違うし、食い違ってあたりまえだよ。宮本、それを恐れてちゃ、いつか写真が撮れなくなるよ」

佐々木はデスクに視線をおろし、ひらひら手を振った。

「いまの話は、俺から小峯に伝えとく。当日、がんばってねー」

どこかぼんやりした頭でオフィスを出て、藺生はまっすぐ備品倉庫に戻った。カメラやストロボなどの、撮影に必要なあらゆるバッテリー類が保管された部屋は、空調がついていないのでひんやりと寒い。充電中を示す赤いランプと、完了をしめす緑のランプがイルミネーションのように灯《とも》っている。

バッテリーの充電と補充は、カメラマンがいちばんはじめに覚えることだ。あのひとの、おんぼろの小さい事務所でも、藺生は同じようにバッテリーを充電していた。

いつだったか、いい写真ってどうやったら撮れますか、と、真嶋に聞いたことがある。校内で行われていた小さなコンペで落選して、落ち込んでいた時だった。いい写真と、そうでない写真のなにが違うのか、藺生にはよく分からなかった。

真嶋は首をゆるやかにひねると、さあ、とつぶやいた。投げやりなのではなく、ほんとうにその答えが分からないというような感じだった。

「じゃあ、真嶋さんがいいと思うのは、どんな写真ですか」

真嶋はかるく壁によりかかると、ぼんやり窓の外を見た。真嶋はいつも黒い服を着ていて、そうしていると影に溶けこんで見える。はじめて見たときは忍者のようだと思った。手足がひじきのように細く、気配がうすい。そして、ひとの目を見ずに喋る。そんな真嶋に、繭生は親近感を覚えていた。

「演芸のことしか、わからないが」

真嶋はつぶやいた。

「見えないはずのものが、浮かんでくるような写真、かな」

それを聞いた瞬間、桜の花びらがぱっと脳裏に散った。見えないはずの、満開の桜。『花見の仇討ち』の一場面だった。繭生は小さく身を乗りだした。

「そういう写真は、どういう時に、『撮れた』って思うんですか」

窓を見つめてしばらく考え、真嶋は口を開いた。窓から差し込んだ西日に、横顔がやさしく光った。

「撮りたい景色を思い描けたとき。その瞬間に、シャッターを切れたとき」

思えばあのとき、あのひとは、自分の殻をちょっとだけ破って、その内側を繭生に分け与えてくれたのかもしれない。

薄暗い部屋のなかで、繭生はぎゅっと拳を握った。そんなふうに写真を撮ることができたのはたったの一枚だけ。しかもその一枚は、真嶋への裏切りだった。

みず帆のいうとおり、繭生は逃げた。このままではだめだと分かっていながら、自分の殻は四年間でぶあつく膨らんで、どうすればここから出られるのか、分からなくなっている。

「あ、宮本さん」

ぼんやりしていたら、ひょこっと顔を出した同僚に話しかけられた。「補充手伝いますよ。充電済みのやつこっちくださーい」

「あ、ありがとうございます」

我に返って、緑のランプが灯ったバッテリーを手渡し、スタンバイ用の棚に戻していく。

「なんか最近、寿命きてるバッテリーけっこうあるみたいですね。充電してもすぐ切れちゃうやつ」

「え、そうなんですか？」

「怖いですよねー、佐々木さんも買い替え検討してるっぽいですけど。現場行くとき気をつけてくださいね」

そうします、と繭生はあいまいに笑ってうなずく。窓の外で、びゅう、と冷たい風の音がした。

3

撮影当日は、くもりの予想を裏切って、快晴だった。撮影は日没からなので、青空は関係ないけれど、雨が降っては屋外で撮影できない。雲のない空を見て、ひとまずほっとする。

午後四時すぎ、『水嶺苑』の通用口にワゴンを止め、繭生は小峯とともに機材の搬入にかかった。事務所で積んだバッテリーやストロボを手分けしておろしていく。トランクが空になると、大量のコンテナが地面に積み上げられた。思わず、おお、と声がでる。

「ここまで照明積んだのってはじめてかも」

今日は夜間の撮影をするので、予備も含めて大量の光源を用意しているのだった。

「うまくいくといいすけど」

小峯は心なしか緊張した面持ちで、機材のリストを確認するとトランクを閉じた。やがて園田が台車とともに、「おはようございまーす」とあいかわらず完璧な夜会巻きを光らせて現れた。

「どう、初撮影、緊張してる?」

小峯は「いやべつに」と目を逸らし機材を台車に移し始めた。

「なんだ、ちょっとは気合い入れて髪染めてくるかと思ったのに」

「べつに気合いが髪色に表れるわけじゃないと思いますけど」

「じゃあ内心気合い入ってるんだ?」

園田がちゃかすと、あんがい真剣な顔で小峯は「はい」と答えた。

「一生に一度の写真なんで」

繭生と園田はお互い顔を見合わせる。この調子なら、自分の出番はきっと来ないのだろうとすこし安心した。

機材を一時的にスタッフルームに運びこみ、園田とともにスケジュールを再度確認する。撮影は一時間後の午後五時半から。紅葉した庭園をのぞむ和室で一カット、ライトアップされた庭園で一カット。衣装替えはなし。

「ロケーションや衣装の追加はありません。予定どおりすすめていきましょう」

「はい」

園田はタブレットを閉じると、「そういえば」とゆかいそうな顔で繭生を見た。

「宮本さんも初撮影、ここじゃなかった？」

「あ、そうですね」

半年のアシスタント期間のあとだったので、三年前のことだ。

「緊張したんじゃない？　かなり気難しいお客様だったから」

「正直あんまり当日の記憶がないんですよね」繭生は頰をかいた。

「あら、そうなの？」

「つねに怒られてたし、とにかく早く撮影終わらせたくて」

そのときの花嫁はものすごく優柔不断なひとだった。はじめは洋装で決まったプランを、ひっくり返して和装にし、また洋装に戻し、そしてぎりぎりになって最終的に和装にした。その結果、希望していた着物がレンタルできなかったり、ロケーションが別の撮影で埋まってしまったりしたことを、ぜんぶプランナーおよびカメラマンのせいにしてねちねちといつまでも文句をいっていた。このとき繭生は、この仕事は自分の意見を持てば持つほど辛《つら》くなるのだと身に染みて思った。

「それにしては宮本さん、結果で黙らせたわね。写真の直しとかは来なかったんでしょう?」

「私の力じゃないですよ。けっきょく、最終的に選んだ菊の柄の打掛、とっても気に入られてたから」

黙って話を聞いていた小峯が、そのとき突然、ぱっと顔をあげた。

「あの」

小峯が険しい顔つきで繭生を見る。

「そんときの花嫁、なんて名前すか」

「えっと、高坂《こうさか》さん、だったかな」

ぎいっ、と床を引っ掻《か》くような音がして、小峯がパイプ椅子から立ち上がった。ぎろりと繭生を見下ろし、「あんたって、ずっとそうなんすか」と小峯は唸った。

「最初の撮影から早く終わらせたいみたいな気持ちで撮ってたんすか。それ、相手に失礼だってなんで思わないんすか」

とつぜん向けられた激しい眼差《まなざ》しに言葉を失う。小峯の表情はいつにもまして攻撃的で、けれど、どこか戸惑っているようにも見えた。思えば小峯は、まだ被写体を撮ったことすらないのに、なんでこんなにえらそうにされなきゃいけないんだろう。理不尽さに胃のあたりが熱くなる。繭生は口を開いた。

「あとから思えばそうだったってだけだよ。シャッターを切ってるあいだは、私なりに一生懸命だったよ。動きを追って、アングル見つけて、照明動かして。そういうの、全部やってなかったみたいに言わないで」

「そんなこと言ってない。宮本さんの気の持ちようがおかしいって言ってんですよ」

「だったらどんな風にカメラ持ってたらいいの。小峯くんが教えてよ」

藺生はやけくそになって小峯を見据えた。

「一生に一度の写真、きみは、どうやって撮るの」

小峯は一歩あとずさり、口をつぐんだ。そして、じっと藺生を睨むと、「宮本さん今日俺のアシスタントっすよね」と言った。

「ぜったいに指図しないでくださいね」

顔を背け、小峯はスタッフルームをずかずかと出て行った。「十五分ぐらいで戻ってきてねー」と園田がのんきに後ろ姿に投げかけて、片頬をあげる。

「若いなあ」

藺生はため息をつきたい気持ちをぐっとこらえて、そうですねともそういうことなんですかねとも言えずに苦笑いをした。園田はすっと真顔になり、「とはいえ」と藺生を見た。

「小峯くんに妙にやる気があるのは分かったけど、クオリティがだめだったら話は別よ。その時は宮本さん、あなたがカメラを持つのよ」

いっしゅん、藺生は口ごもる。

「でも、シャッターを切るのは小峯くんでないと、菅井様が納得されないかと」

「そのときは写真を見せたらいいわ。たぶんあのひとは、いいと思った方を最終的に選ぶでしょうから。あたしも援護射撃するし」

そんな機会はこない、と思った。どうせ小峯はなんだかんだ期待にこたえるだろうし、あのひとは一度決めたことを覆さないだろう。冷たい一重瞼が脳裏をよぎり、緊張で胃がきゅっとなった。


庭園の西側に張り出した座敷は、障子を開くと紅葉が一面に広がっている。まだところどころ青い葉もあったが、西日の名残で木々の橙《だいだい》色はより色あざやかに見えた。和室に四台目の照明を立てていると、「もうすぐご到着です」とインカムが入った。

小峯は新郎新婦の立つ位置に向かってシャッターを切っているが、ストロボがまだ接続されていないのか、フラッシュは光らない。ふだんの撮影でも、小峯は三脚を立てたりバック紙を設置するのは得意だが、無線機やアプリを扱うのが苦手だった。指図しないでください、というのは、どこまでをいうんだろう。声をかけようか迷っていると、じゃり、じゃり、と足音が聞こえてきた。

はっと振り返る。赤い葉のアーチの真ん中に、白無垢姿のみず帆と、黒い紋付を着た大智が並び立っていた。この目がカメラなら、迷わずまばたきでシャッターを切る、うつくしい光景だった。

「本日はおめでとうございます」

小峯とともに頭を下げると、大智がはにかんだ。

「どうもどうも。担当、変えていただいて、すみませんでした」

「あ、いえ」

小峯はとくに衣装の感想などを述べることなく、「じゃあこの位置に座ってもらえますか」とふたりを誘導しはじめた。ふつうは、お似合いですとかおきれいですとか、一言くらいは添えるものだが。みず帆も大智も気にするようすはなく、小峯の言うとおりに座敷にあがった。

ストロボの接続に五分ほど手こずっていたが、やがて小峯は顔をあげて「露出見てもらえますか」と藺生に投げかけた。藺生は新郎新婦の前に膝をつき、失礼します、とことわって顔の前に露出計をかまえる。みず帆は、藺生の存在など気づいてもいないかのようにすましていた。

「じゃあ、撮っていきます」

小峯が掛け声をかけて、撮影は始まった。日が落ちて、座敷の照明のあたるところ以外は暗く沈んでいる。藺生は画像確認用のタブレットを立ち上げ、背後で撮影を見守る。

「もう少し近づいてもらえますか。目線はお互いを見るかんじで」

バシャン、とシャッターが切られると同時に、画像がタブレットに反映された。まだ試し撮りなのだろうが、フラッシュが強すぎて、白無垢が白飛びしてしまっている。せっかくの紅葉も、このままでは黒く潰《つぶ》れて写らない。

「そのまま何枚か撮ります」

小峯はファインダーから目を離して調整を加えると、再びカメラを構えた。バシャン、と一枚撮るたびに、調整し、また撮っては調整し、が続く。ふつう、連写をすれば十枚は一瞬で撮れるが、小峯は露出の調整に手間取っているのか、十枚目を撮るころには十分以上が経っていた。

「大丈夫？」

背後で、園田がひそやかに繭生のタブレットをのぞきこむ。いまだに写真は、紅葉もうまく写っていないし、じゅうぶんなクオリティとはとてもいえない。

「宮本さん、ヘルプしたほうがいいかも」

繭生はちらりと新郎新婦を見た。大智はのんびりと、見て、鯉がいるね、と池を指差しているが、みず帆は異変を感じているのか、けげんそうに小峯を見ている。繭生はあわてて小峯に駆け寄った。

「大丈夫そう？」

振り向いた小峯の額には、汗の粒がいくつも浮かんでいた。

「これ、ストロボの光量ってどこで調整するんすか」

「弱くする？」

「はい。あと、全体にピント合わせるのってどうするんすか」

ぎく、と体がかたまる。冗談を言っているのかと思ったが、小峯の顔は真剣だった。繭生はとりあえずストロボ四台分を駆け回って光量を落とし、小峯のカメラを受け取って設定を見た。

「これ、絞りが開きすぎてるよ。周りが暗くても、これだと背景に焦点が合わないよ」

絞りの値をあげて、シャッタースピードをぎりぎりまで下げてカメラを渡す。小峯はバシャンと写真を撮り、「白無垢がちょっと赤っぽくなっちゃうんすけど」と藺生に言った。

「それはストロボの光が紅葉に反射してるからだと思う」

「どうやったらなおるんすか」

「この程度ならレタッチでなんとかなると思うけど」

「あと、今、ブレがひどくなったんすけど」

藺生は頭を抱えたくなった。いったい、どういうことなんだろう。カメラの基礎の知識をもたずに、小峯は今、ウェディングフォトを撮ろうとしているんだろうか。

「それは、シャッタースピードを下げたから。もし上げたいなら、代わりにＩＳＯ感度をあげるか絞りを開くかして露出を調整しないと」

素人に説明するかのような台詞《せりふ》が自分の口から出てきたことに、ぞっとした。今は、撮影の本番なのに。

「小峯くん、なんで、そんなことも知らないの」

金色の前髪から、ぽたりと一筋汗がこぼれる。

「どうかしましたか」みず帆の声が遠くから聞こえた。

小峯の表情は、あわれになるほど焦りでいっぱいだった。「大丈夫です」と小峯は叫び、藺生を見下ろした。

「これ、ブレないように設定してもらっていいすか」

せっぱつまった瞳に、こちらまで緊張が伝わってくる。藺生はとまどった。自分の手にあわせて設定をいじるのは、カメラマンが出来なくてはいけないことだ。園田の声が蘇《よみがえ》る。その時は宮本さん、あなたがカメラを持つのよ。

「私が撮ろうか」藺生は言った。

「は？」

「だって、小峯くん、お客さんに見せられる写真、一枚も撮れてないよ。このままじゃ撮影が終わらない」

「撮れます」

小峯が肩をいからせる。

「最悪俺はシャッターだけ切ってればいいって佐々木さんが言ってました。露出は宮本さんがやればいいじゃないですか」

「非効率的すぎる。その調整をするのも『撮る』の一部でしょ。それなら私がやった方がいい」

「でも、撮影を任されたのは俺でしょ」

「これは仕事だよ」

叫びたくなるのをこらえて藺生は言った。

「シャッター切る前に、あたりまえのことが出来ない人には任せられない」

「お願いします」

小峯が突然、がばっと頭を下げた。顔をあげた小峯の目には、張り詰めたなにかがいっぱいに熱を発していた。びゅう、と夜の風が吹き、金色の髪がばらばらなびく。黒い瞳が、その隙間から真っ直ぐのぞいた。

「カメラ、持ちたいんです。やりたいんです、撮影」

どくん、となにかが胸を打った。

目で見たものを、思い描いた景色を、そのまま写真として収められないことに、小峯は焦っている。

撮りたいものが、その瞳のなかに、あるのだ。

「お願いします」

技術も経験もなく、ただ、なにかを撮りたいという単純な熱が、小峯の全身からは立ち上っている。

四年前のあの日、私は、こんな顔をしていたんじゃないだろうか、と思った。

カメラがずしりと手に押し付けられたそのときだった。

ブツッ、という音と共に、座敷が暗闇に包まれた。

「え」

「停電？」

慌てて周囲を見回すと、庭園のライトアップはそのまま点灯していて、照明機材の白い光だけが途絶えていた。「どうしたの」と園田の声が飛んでくる。はっと照明機材を確認すると、チカチカと赤いランプが点滅していた。

「バッテリーが落ちたみたいです」

困惑しつつ繭生は答えた。充電は確実にされていたはずなのにどうして。

「復旧には時間がかかりそう？」園田が尋ねる。

「いえ、予備があるはずです。付け替えればすぐ再開できます」

「分かった、おふたりにはそう言っておくから。急いでね」

「はい」

園田が新郎新婦に駆け寄って事情を説明しているあいだ、繭生は切れてしまったバッテリーをすべて取り外し、和室の隅に走る。バッテリー類はまとめてひとつのコンテナに入れられており、小峯が蓋《ふた》を開けて中を覗き込んでいた。

「予備あった？」

声をかけて、はっとする。小峯はどこかぼんやりした表情で、真っ黒な箱を見下ろしていた。

「……どうしたの」

「置いてきました」と、小峯はつぶやいた。

「ワゴンのなかってこと？　じゃあ、今、取ってくる」

小峯は大きく舌打ちをして「ちがいます」と言った。

「事務所、です」

冷たい夜風が庭園の木々をざわざわと揺らす。繭生は自分の耳を疑った。

「でも、機材のリストチェックしてたよね？　出発のときと到着のとき。私見てたよ」

「しましたけど、その」

「なに」

小峯はもごもごと言った。

「数字とかみんの、苦手なんすよ。文字を照らし合わせんのとかも」

それ、どういう意味。そう言いかけた瞬間、繭生のなかで、ぴん、と一本なにかがつながった。保存名も、カット数の間違いも、露出の調整が苦手なのも、ぜんぶ。理由は分からないが、小峯はほんとうに、それらができない。努力していないのか、なんなのか分からないが、おおきなミスが目の前で起きたことはたしかだった。

「じゃあ、先に、言ってよ」

声が大きくなるのを、繭生は止められなかった。

「それじゃあチェックの意味がないじゃん。分かってたら、私がやったのに」

「い、言ったら別のひとが撮影やることになったかもしれないじゃないすか」

「あたりまえでしょ、小峯くんに任せようなんて思えないよ」

はっと、小峯の目に、傷ついたような表情が浮かんだ。暗い瞳が繭生を睨む。

「もしかして宮本さんが仕組んだんすかこれ」

「はあ？」

「大体、バッテリーが一度に全部切れることなんかないじゃないですか。仕事取られて、平気な顔して、ほんとは悔しかったんじゃないですか。こうやって足引っ張って、あんたほんと最低だ」

　繭生は言葉をうしなった。その瞬間、最近調子の悪いバッテリーがある、と聞いたのを、ようやく思い出した。だから予備のバッテリーを持っていこうと、繭生は提案した。自分の肩がわなわなと震えるのが分かる。

「ふざけないでよ、なんで私が――」

「いい加減にしなさい」

　いつのまにか背後にいた園田がぴしゃりと言い放った。

「お客様の前よ。一体なにをもめてるの」

　繭生はぐっと声を落としてバッテリーがないことを説明した。園田のこめかみに、ぴっと筋が浮かぶ。

「じゃあ、照明なしで撮影するの？　それともいっそ中止にする？」

「いえ、どうにかして撮ります」小峯が答える。

　園田は険しい顔で「どうにかして？」と繰り返した。

「さっきからあきらかに機材に手こずってるのに？　正直小峯くんにはもう任せられない」

園田の目が繭生に向けられる。

「宮本さん、あなたがやって」

拳を握り込み、繭生は唇をかんだ。中止にすると口にしておいて、はなからその選択肢がないことは、分かっている。

「はい」

繭生は顔をあげ、和室を見回した。誰かが室内灯をつけたので、部屋は黄色みがかった光で満ちていた。まず、室内灯を消すように小峯に指示をする。小峯はけげんそうに繭生を見た。

「でも、そしたらもっと暗くなるじゃないすか」

繭生は舌打ちしたくなる気持ちをこらえて、早口で答えた。

「上から光が当たると、下に向かって影ができるでしょ。顔色が悪くみえるし、写りが悪いから、室内灯はつかえない」

小峯はぐっと唇を噛み、壁側にかけていくと、ぱちんと電気を消した。薄暗い室内に、庭園のライトアップがすらりと差し込む。橙色の光を浴びて、座敷に並ぶふたりのシルエットがあざやかに浮かび上がった。まるで舞台のようだった。

そうだ、舞台。

この和室は、横長の造りといい、天井の高さといい、繭生にある場所を思い出させる。胸の底で、ちりっと火種が爆ぜる。

その瞬間、耳の奥で、カシャン、とシャッターの落ちる音がした。

真っ暗な舞台袖から、たったひとつの光源をたよりに高座を撮り続けたひとを繭生は知っている。そのひとから、繭生は写真の撮り方を教わった。

「どう、撮れそう？」

園田の声に、振り返る。

「撮れます」

繭生ははっきり答えた。

「みず帆さんと、お話ししてきます」

＊

「写真のお手伝いをさせてもらえませんか」

〈百廣亭〉の楽屋口で真嶋に声をかけたとき、数年ぶりに顔を合わせたという気がしなかった。繭生は寄席に通うたびに真嶋のシャッターの音を聞いていたし、おそらく真嶋も、舞台袖から父娘《おやこ》を見ていた。

「理由は？」

「『花見の仇討ち』です」

きょとんとする真嶋に向かって、繭生はあわてて付け足した。

「はじめて寄席に行った日のトリが、楓家帆宝師匠の『花見の仇討ち』でした。それまで、落語って聞きづらくて、よく分からないと思っていたんですけど、とつぜん、見えたんです。シャッターの音がして」

藺生は精一杯言葉をたぐりよせて、あの時のことを伝えた。

――本日はいっぱいのお運びを、ありがとうございます。

あの日、高座にあらわれた楓家帆宝は、するどい一重瞼で客席を見つめると、よどみなく語りだした。

――いい陽気で、来週には桜も満開だそうですね。不思議なもんで、『花』といえば、桜です。花見に行こうってんで、チューリップを見に行くひとはあんまりいませんね。江戸《えど》の時代も、桜を見る、つまり花を見るてェのは、季節の行事でありまして……。

花見の話だということはなんとなく分かったものの、その時の藺生は、やはり興味を惹《ひ》かれなかった。三月三週目の今はまだ咲いていないし、毎年卒業式に桜が咲かないことが悔しくもあって、なんだかよけいに残念な気持ちになる。言葉の羅列を右から左に流していたその時だった。

カシャン、と音がした。

空気に小さな切れ目をいれるような、きれいにとがった音。言葉を飛び越えて、藺生の耳に届いた音だった。

「――咲きやがったなァ、花ァ見どきってやつだな。そこでだ、花見に行こうや。でもな、ただの花見じゃつまらねえ」

カシャン。その音は、卒業式で保護者が切るようなシャッターの音とは、なにかが全然ちがった。ランダムに鳴らされる雑音ではなく、不思議と聞いていて気持ちがいい。客席で首をそっと伸ばして、舞台の右側あたりから聞こえてくる音の方を見やるが、カメラは見つからない。舞台袖にいるんだろうか。カシャン。また音がする。

「――せっかくだから、どうだい、出し物をやるってェのは」

繭生は舞台袖から聞こえるシャッターの音に耳を澄ました。そのときはじめて、同じ方向から発される噺家《はなしか》の声までもが、はっきりと耳に入ってきた。

「――花見の場所で、仇《かたき》討ちを演《や》んだ」

カシャン。

シャッターと言葉が重なったその瞬間、繭生の脳裏にぱっと景色が浮かんだ。春の長屋で、顔を合わせる四人の男たちが、いつの間にかそこにいた。

「――仇を討つのが巡礼兄弟。仇が浪人の男だ。んで、仲裁役に六部がひとり。な。これで俺たち四人分、役があるってわけだ」

カシャン。シャッターの音とともに、男たちの顔がひとりずつ浮かび上がってくる。言い出しっぺは自信満々に企《たくら》みを披露して、ひとりは酔っ払っているのか大声で賛同し、ひとりは心配そうな顔をして、最後のひとりはそもそも話についていけずにぼけっとしている。

四人の男たちは、花見の余興で一芝居打つべく稽古《けいこ》をはじめる。仇を捜す巡礼兄弟が、桜の山のてっぺんで浪人を見つけ出し、「いざ尋常に、勝負――」と刀を抜く。浪人も「返り討ちにしてくれる!」と応戦して、大立ち回りがはじまる。そこへ六部がやってきて、双方を仲裁し、ねたばらしをしてお開き——という筋書きだ。四人は、それぞれの役になりきって、翌朝、花見に向かう。

不思議だった。花見に向けて楽しそうに騒ぐひとりひとりの顔が、シャッターの音と共にみるみる鮮明になる。今はこのひとの顔を、次はそっちのひとの表情を、という具合に、手を引かれて道案内をされているみたいだ。

落語家は、手ぬぐいと扇子以外の小道具を持たない。それなのに、いよいよ大立ち回りがはじまると、繭生は化かされたような気持ちになった。

カシャン。カシャン。シャッターの音がするたびに、振り下ろされる竹光の軌道が、ぶんっと風を切る着物の袖が、乱れた月代《さかやき》から飛び出る髪の毛が、はっきりと見える。見えないはずの景色が、目の前に、たしかにある。

そのシャッターの音は、高座を邪魔するどころか、物語と溶け合って繭生の心を遠くへ飛ばした。

カシャン。

満開の桜、男たちを取り囲む野次馬の視線、ひとびとのにぎわいが、一枚の絵になって、頭のなかにひらめく。繭生はそのときはじめて気がついた。落語は、絵の連続なのだ。

笑い、騒ぎ、泣き、江戸の町を駆け抜ける人間たちが、つぎつぎにあらわれては物語をえがきだす。

「――いざ立ち上がって尋常に、勝負ゥ、勝負ゥ――……」

気がついたら大声をあげて笑っていた。いつのまにかシャッター音は聞こえなくなった。木造の客席には満開の桜が咲き誇り、繭生は花見の客のひとりだった。

それが、真嶋と繭生の出会いだった。

繭生はそれからごく自然に落語をたのしめるようになった。言葉を絵に変えて、脳内で思い浮かべればいいのだと分かったから。けれど、真嶋の背中越しに高座を聞くようになって、それだけじゃなかったのだと気がついた。

脳内で場面をイメージするのは簡単だ。でも、真嶋がやっているのは、それを撮ること。絵にする場面の、その一瞬を、真嶋は正確に見極める。だから繭生は、真嶋のシャッターの音を聞いて物語を頭に浮かべることができた。

真嶋は、シャッターを切る一瞬をまちがえない。よく研がれた刃《やいば》は正確な軌道で相手をとらえ、切られた側は自分が切られたことにも気がつかない。ひらひらと舞い落ちる桜の花びらをとらえるように、連続していたはずの時間を、なめらかな断面によって分割していく。

真嶋はそういう風に、芸人の呼吸のなかに入り込み、同時に、芸人に自分の存在を悟られないすべを身につけていた。

「おれたちは、なるべく、空気のようにならないといけない」

真嶋は、初めて繭生をつれて寄席に行った日に、そう言った。

「カメラは、寄席じゃ異物だ。帆宝師匠なんかは、とくにカメラが嫌いで、シャッターの音がするだけで、へそをまげる」

藺生と目を合わせることなく、真嶋はいつものように細い声でぼそぼそと喋った。

「まずは、自分の存在を、芸人さんに知ってもらって、カメラがあることに慣れてもらわないといけない。慣れっていうのは、信頼だから」

そしてカメラを持ち上げると、ファインダーをのぞきこんだ。真嶋は、ひとと目を合わせることが苦手な分だけ、レンズを通して色んなものを見ているのかもしれなかった。

「だから、信頼のないまま、シャッターを切ってはいけない。まずは、自分の存在を、覚えてもらわないといけないんだ。それで初めて、演芸を撮ることができる」

藺生は真嶋の言葉どおり、顔見せといって、寄席の芸人たちに挨拶をしながら、真嶋の手伝いをするようになった。真嶋は、寄席芸人の宣材写真や独演会の撮影はもちろん、年中無休で開いている寄席にも空気のように顔を出しては、撮る。藺生の仕事は機材持ちと、バッテリーの充電と、データの整理がほとんどで、カメラを触らせてはもらえなかった。それでも、真嶋の背中を見ている日々はたのしかった。

だからこそ、高座を撮りたいという欲も、日に日に増していった。自分も、真嶋のように、シャッターを切りたい。

「そろそろ撮らせてもらえませんか」

手伝いをはじめて七ヶ月が過ぎた頃、藺生は切り出した。専門の同級生たちが、つぎつぎ就職先を決め、コンペで賞をとったりしているのを目にして、焦る気持ちもあった。

自分だって、撮りたい写真を撮って、それを実績として公開し、評価されたい。今のままでは、無記名のテスト用紙のように、点数すらつけられないままどこかに消えてしまう気がした。

「私は演芸写真が撮りたくて、ここにいます。だめですか」

壁にひびのはいった古い事務所の、けばだった畳のうえで、真嶋はしばらく考え込んだ。そして、どこか寂しそうな顔をして言った。

「まだ、きみは、若い」

じゃあいつになったら、カメラを持たせてもらえるんですか。繭生が尋ねる前に、真嶋は掠れた声で言った。

「この仕事は、そんなに、かんたんに食べていけるものじゃない。一度、就職したり、ほかの職を経験してからでも、遅くはないと思う」

どきりとした。演芸写真家を名乗っているひとを、繭生は真嶋のほかに知らない。ぼろぼろのビルに、古い機材。演芸関係の仕事を、もし二人で奪い合うとなれば、どちらかは食べていけないかもしれない。真嶋は、繭生のなかに芽生えた焦りを敏感に読み取り、それを責めることなく、むしろ本気で案じているようだった。繭生の将来をここで決めてしまうことを、恐れていた。

「覚悟が決まるまでは、高座は、撮らせない」

繭生はその場で食い下がることができなかった。写真を仕事にはしたい。でもほんとうのところ、演芸写真で食べていく想像はつかない。こんな中途半端な覚悟で、舞台袖に上がり込んでいいのだろうかと、はじめて自分の道を疑った。

それでも、高座を間近で目にすれば、撮りたい、という気持ちはちりちりと胸の奥で温度をあげた。無視できないほどに熱く、その火は、出口を求めて燻《くすぶ》っていた。

そして、あの日がやってきた。


十一月に入ったばかりの、肌寒い午後だった。

いつものように、寄席の舞台袖でレンズを構える真嶋の後ろ姿を見つめていると、とつぜん真嶋が立ち上がった。カメラを床に置いて袖を出ていき、しばらくして戻ってくると、すり切れたアスファルトの白線みたいに青白い顔をしていた。

ひどく腹を壊したから先に帰る、機材はあとで事務所に持ってきてくれ、と弱々しく藺生に頼むと、真嶋はよろよろと帰っていった。病院に付き添いましょうか、薬買ってきましょうか。とっさに出なかった言葉がもやもやと胸のうちをめぐる。なにかお見舞いの品を買って、すぐにあとを追いかけなければ、と思ったが、高座の光が藺生を引き留めた。

真嶋の持つ、演者からの信頼と、芸を見つめる目を、藺生は一刻も早く身につけたかった。そのためには、この場所にいる時間をすこしでも長くするしかない。昼の部が終わるまではあと三人。それから真嶋を追いかけても遅くはないと、藺生は袖の暗がりで正座をしなおした。

ひとりぽつんと高座に意識を集中させていると、ふと背後に気配を感じた。

視線を動かすと、舞台袖の闇には女性が佇《たたず》んでいた。ショートヘアからのぞくきりりとした眉とすずやかな一重瞼が、少年のような、少女のような不思議な印象を放っている。薄闇のなかで目があい、はっとして頭を下げると、女性も軽く会釈を返した。

そのひとは、たしか最近二つ目にあがったばかりで、年は繭生の三つ上。彼女の高座をはじめて聞いたのは、二年ほど前だろうか。師匠ゆずりのきっちりとした丁寧な落語が、繭生はとても好きだった。丁寧にまくらを語っていたかと思うと、ガラの悪い江戸っ子に豹変《ひょうへん》する。あの化かされたような感じは、何度聞いてもくせになる。

拍手とともに出囃子《でばやし》が鳴り、ぴんと背筋を伸ばしたまま、彼女は高座へ上がっていく。よどみない動作で裾をさばき、座布団のうえで深く頭を下げたそのとき、ガタン！　と大きな音がした。

客席からだった。繭生ははっと首を伸ばし、緞帳《どんちょう》の隙間から客席を見た。帽子をかぶった客が、客席の真ん中で立ち上がっている。ふん、と高座に向かってわざとらしく鼻を鳴らすと、ずかずか出口に向かって歩き出した。あきらかに、わざとだった。

繭生はぎりっと奥歯を噛《か》んだ。たまに女性の落語家が出てくると、ああして嫌がらせをするひとがいる。女の落語なんか聞けたもんじゃねえ、とわざわざ野次を飛ばすひともいる。なんでそういうことを、していいと思うんだろう。胸に嫌なものが込み上げた、その時だった。

「コンの、べらぼうめッ！」

音の塊が破裂した。

客席の誰もがびくうっと跳ねるほどの轟音《ごうおん》だった。つぎの瞬間、高座の落語家はすっと行儀のよい居住まいになおった。

「というような言葉が、江戸っ子の啖呵にはよく登場いたしますが」

落差で耳がきいんとする。

「このべらぼうというものがいったいどんな棒かともうしますと、本当は『へら棒』と言うんだそうです。ご飯粒をぺたーっとつぶして、のりをつくるためのへらでございます。このへら棒め、というのはようするに、ご飯粒を意味もなく消費するだけの穀潰《ごくつぶ》しめ！という意味なんだそうです」

ニュース原稿を読み上げるように、彼女は語る。

「今ではあまりのりを自主生産しませんから、現代に置き換えると、このフードプロセッサーめ！といったかんじでしょうか。それはそれでけっこう便利そうですが」

大根おろしもみじん切りもできちゃうじゃないか。客席からちいさく笑いが溢《こぼ》れた。

「へらがどうして『べら』になったかといいますと、そっちの方が勢いがいいからでしょうね。『この、へらぼうめ〜』だと、なんとなく弱そうでしょう。ですから、現代版はこうです。この、ブードブロゼッザーめ！」

言いにくいよ。さざめきのように笑いが広がり、張り詰めた空気がゆるんでほどけていく。

とおくで、ぱたんと客席の扉が閉まる音がした。このまくらの行き着く先を、繭生も、きっとほとんどの観客ももう知っている。

「火事と喧嘩《けんか》は江戸の花というようなことを申しますが……」

落語家は、羽織のひもをほどき、すとんと座布団の後ろにおとす。まくらが終わりに近づくと、一重瞼の奥が、再びぎらりと光った。つぎの瞬間、彼女はステージから消えた。

「――おい、与太《よた》ァ！」

カシャン。耳の奥で、真嶋のシャッターの音がした。同時に、繭生の目の前に、言葉が絵になってあらわれる。

大工の棟梁が、威勢よく戸を叩く。一瞬にしてその後ろには長屋の街並みが広がり、大工の男たちが、取り上げられた道具箱をめぐって騒ぎ出す。

「――なんでィお前、店賃《たなちん》の代わりでもって、大家に道具箱取り上げられたってのかい！え？　そんままじゃ仕事もできねえ、いくらか工面してやるからこれ持って大家んとこ行って、返してもらって来い」

棟梁に金を貸してもらい、主人公の与太郎《よたろう》は大家のところへ行くが、店賃がわずかに足りないというので追い返されてしまう。そこで棟梁、みずから大家のところへ行って、道具箱を返してもらうように頭を下げてお願いするが、全額持ってくるまで返さない、と頑固な大家は一向に首を縦に振らない。やがて大工という職業までばかにされ、棟梁は、キレる。

「――やいッ！　大家だかなんだか知らねえが、なにぬかしやがんでえ、この丸太ん棒めッ！」

高座のうえで、火を打つ石のように声がはじけた。

「――てめえなんか血も涙も目も鼻も口もねェ、ぺらっぺらののっぺらぼうだから、丸太ん棒ってんだ!」

客席の空気ごとゆらしながら啖呵を切る落語家を、繭生は食い入るように見つめる。

「――ほうすけ、藤十郎、ちんけいとう、株っかじりの芋っぽりめ! てめえごときに頭下げるようなおあにいさんとおあにいさんの出来がすこーしばかり違うんでえっ」

落語家は、紫色の座布団からはみださんばかりに怒っていた。それは登場人物の感情でもあり、落語家本人から湧き出る感情のようにも思えた。なめるな、話を聞け、勝手に自分の価値を判断するな。髪の毛一本まであますところなく、体重の全部が乗っかった声が胸を打つたび、火花が体の内側でぱちっ、ぱちっとはじける。

「――黙って聞いてら御託《ごたく》が過ぎらあ! どこの町内のおかげで大家さんだとか町役だとか呼ばれるようになったと思ってんでえ。おだてりゃあすぐのぼせやがって、てめえの氏素性《うじすじょう》ずらっと並べて聞かしてやるからなあ、耳の穴かっぽじってよく聞いとけ! このあんにゃもんにゃッ」

カシャン。

また、真嶋のシャッターの音が聞こえた。高座を見つめる細い背中が脳裏をよぎる。自分たちはまるで影だ、と思った。

光がなくては存在しないもの。光の裏側で、光を見つめ続けるもの。その光を証明するもの。

「――いいか、どこの馬の骨だか牛の骨だかわからねえ野郎が町内に転がりこんできやがって、そんときのてめえのざまはひでえもんだった。寒空に向かって洗いざらしの浴衣《ゆかた》一枚でがたがたがたが震えてやがったなあ、さいわいこの町内にゃお慈悲深えひとが揃っておいでにならあ、あっちやこっちの使いさしてもらって、冷飯《ひやめし》の残り一口もらって、ひとの情けで細く生きてたことを、忘れやしめえ！」

カシャン、と耳の奥でシャッターが落ちるたびに、啖呵を切る棟梁の乱れた月代、鼻の頭に浮かぶ汗の粒、拳に浮かぶ血管が、はっきりと見える。落語は言葉ではなく絵の連続だ。真嶋のシャッターの音で、繭生はそのことを理解した。

十五歳のあの日に見た、満開の桜と、刀の軌道が、頭のかたすみに蘇ってはきらきらと輝いた。

「──だいたいてめえの運が向いたのは、六兵衛が死んだからでえ！　そこにいんのは、もとはといやあ六兵衛の女房《かかあ》だったんじゃねえかっ」

カシャン。記憶のなかから聞こえるシャッターの音に操られるように、繭生は暗がりのカメラに手を伸ばした。心の中でシャッターが落ちるたびに、ほんとうに切り取られるべき瞬間が、どんどん流れて過ぎていくのが耐えられなかった。

今、この場所でカメラを持てるのは、自分だけだ。

腕を持ち上げて、繭生は高座にレンズを向けた。

「──ひとりなのをこれ幸いと、おかみさん水汲《く》みましょう、芋洗いましょう、薪《まき》割りましょうって、ずるずるべったり入夫《にゅうふ》と入り込みやがったんだ。その時分のこたァよおく知ってらあ！」

怒鳴り声が鼓膜を震わせる。藺生は息を止め、野生の鳥のはばたきを待つようにして、ファインダーを覗き込む。

落語家のこめかみに光る汗を、ぎらぎらと輝く瞳を、見えないはずの景色を、藺生は見つめる。

撮らなければ、と、つよく思った。

レンズにうつる高座のエネルギーが、高まり、張り詰め、はじけるその一瞬を。

「――こうなりゃ意地でも引かねえやッ。白黒はっきりつけようじゃねえか。そら、奉行屋敷へ駆け込んでやる、行くぞ行くぞッ」

青い空に、汗がはじけて、風が吹く。

写真には、後も先もなく、今だけがある。

「――てめえなんざ、人間の皮ぁかぶった、畜生でェ！」

藺生は、シャッターボタンを押した。


かしゃん。


張り詰めていたものがぷつりと切れたその瞬間、藺生は悟った。

この高座にひびをいれたのは、私だ。私のシャッターだ。私は真嶋さんとの約束を、破った。

全身から汗が吹き出し、吐き気がする。それからは時間が飛んだようだった。気がつくと拍手が聞こえて、落語家に腕を摑《つか》まれていた。舞台袖から引っ張り出されて、寄席の裏口に連れ出された。

一重瞼の落語家——楓家みず帆は、はげしい怒りをその目に浮かべて、繭生をまっすぐに睨みつけた。

「自分がなにをしたか、わかってる？」

足元から暗い穴に落ちていくみたいだった。

私は、裏切った。燃え上がった欲に負けて、真嶋を、寄席を、高座を、みず帆を、裏切った。自分が台無しにした。

「真嶋さんは、お席亭や師匠たちに頭を下げて、あんたを楽屋に連れてきたんだよ。いますぐ謝りに行きなさい。わたしは告げ口はしない。自分のしたことは、自分で話して」

唇が震えて、声が出てこなかった。真嶋に叱られたくない。失望されたくない。追い出されたくない。今すぐ逃げ出したい。こんなふうに見つめられることに耐えられない。

繭生の気持ちを見透かしたように、みず帆は言った。

「ひとと向き合えないあんたに、演芸は、撮れない」

切れ長の一重瞼は、まっすぐに繭生を見つめていた。

「ほんとうに撮りたいと思うなら、逃げるな」

＊

庭園を背にして、花嫁と花婿が並んでいる。白と、黒と、その後ろに広がる朱。絵画のように完成された眺めだった。

藺生はふたりの前に出て膝をついた。

「お待たせして申し訳ありません。機材トラブルの関係で、私が撮影を担当することになりました。よろしいでしょうか」

大智はすこし意外そうな顔をして、すぐに「僕はぜんぜんいいですよ」と穏やかに答えた。

「みず帆もいいよね」

みず帆はじっと藺生を見た。

「あなたには撮ってほしくないと言ったはずでしょう。どういうこと」

「あの時は、申し訳ありませんでした」

藺生はぐっと額を床に近づけた。

「私は、逃げました。叱られるのが、怖かったです。ちゃんと謝りにいく勇気もなくて、こんなに遅くなって、ごめんなさい」

顔をあげて、赤い紅葉の前に佇むみず帆を見上げる。

「お願いです。一枚だけ、写真を撮らせてもらえないでしょうか」

ぴくりとみず帆の眉があがる。

「一枚？」

——たぶんあのひとは、いいと思った方を最終的に選ぶでしょうから。

園田の言葉と自分の直感を信じて、繭生は言った。

「その一枚を見て、いいと思ったら、私に任せてもらえませんか。だめだと思ったら、小峯と交代します」

「どうして彼は撮れないの」

「部屋が暗ければ暗いほど、きれいに写真を撮るのはむずかしいです。小峯には不可能だと判断しました」

「あなたが教えてあげればいいでしょう。さっきはそうやって撮影しようとしてなかった？」

大智がそっと、みず帆を見た。

「一枚くらいどうしてだめなの、みず帆」

「だってこのひとは」

「間違ってしまうことはあるでしょ、だれでも」

大智はにこりと繭生を見た。「どうぞ撮ってください、一枚といわず」

繭生は唇をかんで頭を下げた。

「ありがとうございます。でも、機会をもらえるなら、一枚でじゅうぶんです」

みず帆は不服そうに大智を睨んでいたが、後ろに下がった繭生を止めはしなかった。

正面からではなく、被写体のほとんど真横の位置で、繭生はファインダーをのぞく。手前にみず帆、その奥に大智の横顔。その向こうでは、真っ赤な紅葉が揺れている。

ＩＳＯ感度をむやみにあげると画質が汚くなるので、シャッタースピードをぎりぎりまで下げて画面の明るさを保つ。手ブレしやすくなった分、体の中心にぐっと力を入れてカメラを構える。

たったひとつの光源に向かってすこし首を伸ばしたみず帆の、薄闇のなかでくっきりと浮かぶ鼻筋、床に落ちる打掛のうつくしい柄、紅葉の葉に反射するライトが、画面にうつる。なんてきれいなんだろう、と思った。

繭生の見ている景色は、完璧だった。でもなにかが、決定的に間違っていた。

繭生は、シャッターを切った。

かしゃん。

その瞬間、とてつもない痛みが、胸の内側に走った。レンズ越しに、みず帆の一重瞼と視線がぶつかる。

あの時とおなじだ。

あんたはそこでなにをやってるの、そう問われたみたいだった。

――撮りたい景色を思い描けたとき。

これは私の撮りたい景色じゃない。

――その瞬間に、シャッターを切れたとき。

それは今じゃない。

私が撮りたいのは、白無垢姿のみず帆じゃない。だれの花嫁姿でもない。

演芸なのだ。

一枚の紙からあらゆるものが生まれ、満開の桜が咲き、啖呵が飛び交う、高座なのだ。

蓋をしていた火種が、ぶわっと舞い上がった。この火種を忘れるために、藺生には何万枚もの別の写真が必要だった。ウェディングフォトじゃなくてもよかった。小峯の言う通りだ。ほんとうは、みず帆に写真を撮るなと言われたとき、ほっとした。

こんな気持ちで、特別な日の写真を撮ってはいけないと、ずっと分かっていた。

一度燃え上がった炎は、これまで撮り続けた写真をすべて焼き上げて、猛烈な火柱になった。

私はここにいてはいけない。藺生は顔をあげ、「ごめんなさい」と叫んだ。

「やっぱり、撮影は小峯が担当します」

大智と園田のぎょっとしたような顔が目の端に見えた。みず帆だけは、とても落ち着いたようすで、口角を静かにあげた。

「それがいいと思う」

照明の後ろで佇んでいた小峯の元へさっと駆け寄る。なにがなんだか分からないという顔の小峯に、藺生はカメラを渡した。

「小峯くんが撮って。露出の調整は私がいくらでもやる。でも、暗いから、手ブレだけ気をつけて。腕を力ませるんじゃなくて、体の真ん中に重りをつけてるイメージでカメラを持って」

園田が駆け寄ってきて、「ちょっと、どういうこと」と藺生に耳打ちする。

「小峯くんが撮るべきです。私がサポートします。小峯くんならいい写真が撮れます」

ふたりは同時に息をのんだ。やがて小峯が、カメラのストラップを首にかけた。

「やります」

藺生は小峯とともに座敷へ戻った。人物にきつめにピントをしぼること。背景の庭園よりも人の動きや衣装を追うこと。小声で、早口に伝えながら、小峯が望むように露出を調整した。

シャッターの落ちる音が、和室に響きだす。

「菅井さん、目線もうすこし遠くで。尾崎さん、右肩をすこし庭に向かって引けますか」

カシャン、カシャン、と音がするたび、手元のタブレットに写真が表示されていく。燃えるような赤のなかで、白無垢が、陶器のようにすべらかに浮き立っている。

「あ、着物の裾がちょっと折れてます。メイクさん直してもらえますか」

小峯はなにかに突き動かされるように、次々に指示を飛ばした。体の角度、少し内向きで。首と肩の力抜いて、楽な感じで笑ってみてください。つぎ、外側に拳ひとつぶんずつ離れてみてください。

「ふたりでまっすぐレンズを見つめるかんじで。で、口角あげてください。はい、いいかんじです」

カシャン、とシャッターが落ちるたび、積み重なっていく写真は、否定のしようがないほどうつくしい。角度を変えてかがやく景色や衣装だけじゃない。ふたりの絆《きずな》のようなものが、画面のなかに凝縮されている。

「宮本さん」

小峯はさっとカメラを差し出した。

「つぎ、背景ぼかしたいんすけど」

──撮りたい景色を思い描けたとき。その瞬間に、シャッターを切れたとき。

小峯の頭のなかには、撮りたい景色がある。光や焦点の調整が自力で出来ないだけで、小峯はまぎれもなく一生に一度の写真を、全力で撮っている。

小峯のなかで火が燃えている。藺生とは別の火が。カメラを受け取って、調整して、渡す。それを何度も繰り返す。

白無垢の背後に広がる紅葉が、胸のうちの炎のように、あざやかに揺れている。

4

全身に滲み出た汗が夜風にさらされるのにも構わず、藺生はぜえはあと夜の住宅街を走っていた。撮影で疲れ果てたと思っていた肉体も、あんがい底力が残っているらしい。

一時間半前、藺生は『水嶺苑』での撮影を、なんとか終えた。

ホテル側に予備の照明機材があることが判明して、庭園での撮影は予定通り行われた。小峯がカメラを持って指示を出し、そのとおりに藺生が機材をいじるかたちで。撮影後、みず帆や園田からの説教を覚悟していたが、思いのほかあっさり解放された。

みず帆がタブレットで写真を確認しているあいだは気が気じゃなかった。最後の一枚をスクロールして、顔をあげたみず帆は、無表情でタブレットをこちらに返すと言った。

「やっぱりあなたに任せなくてよかった」

安堵《あんど》と、すこしの悔しさが胸に込み上げた。頭を深く下げると、「ひとつ文句をいうなら」と声が降ってきた。どきりとして顔をあげると、一重瞼と視線がかちあった。

「謝る相手が、もうひとりいるんじゃないの」

その声には、わずかに藺生を案じているような響きがあった。藺生はもう一度、頭を下げた。

「はい。これから、会いに行きます」

みず帆はうなずくでもなくすっと立ち上がると、控室へと戻って行った。藺生は、退勤したらすぐにでも、あのひとを捜しに行くつもりだった。どれだけ常識はずれな時間でも、気持ちを堪《こら》えられそうにない。

園田は新郎新婦を見送ると、ふかく安堵のため息をついた。

「ほんとにひやひやしたんだからもう。無事終わったからよかったけど、こんなことは二度とやめてよ。今日のことは全部佐々木さんに報告しといてね。はい、じゃあさっさと片付けて、帰って寝なさい、あたしも寝たい！」

ワゴン車で事務所に戻り、藺生は機材リストを参照しながらコンテナの中身を倉庫に戻した。予備のバッテリーは、チェックもついておらず、持ち出されることのないまま、倉庫のなかにあった。

「すいませんでした」

空のコンテナを収納して、小峯は言った。とくにしおらしくもない、むしろ不機嫌そうな態度に、なぜかちょっと安心した。

「ほんとに、どうなることかと思ったよ」

「でもまあ、無事に終わったんで」

「だれのおかげかね」

だれっすかね、と小峯は天井をあおぎ、ぽつりと言った。

「佐々木さんに、どこまで、報告しますか」

「そりゃあ、ぜんぶだよね」

「そしたら俺、もう、カメラ、触れなくなりますかね」

ひとつ芯《しん》が抜け落ちたような声を聞いて、繭生は初めて、この青年が同じ地面に立っているような気がした。撮りたい気持ちと、大声でそれを主張できない気持ちが、ぐるぐるとうずまいている。

「あのさ、小峯くん、カメラ触ったことなかったの?」

「このバイトするまでは、まあ、そうっすね」

「数字みるの苦手って、どのくらい」

小峯はばつがわるそうな顔をしたが、観念したように人差し指を立てた。空中に、くるん、と輪のようななにかを二回書く。

「数字の6、と、9、ってあるじゃないすか」

「うん」

「あれ、どっちが大きいか、分かんなくなる時ないですか」

藺生はぽかんとした。言われてみれば、保育園ではじめて数字を練習帳に書いたとき、形が似ているなあくらいは思ったかもしれない。小峯は藺生の返事を待たずに、ぼそっと言った。

「俺は、分かんなくなるんすよ。6と9だけじゃなくて、目の前に四個ものがあったら、それが4、って形の数字になるってこと、時間かけないと認識できないんです。たとえば18と27とか、どっちが大きくて小さいかとかも、パッと見て判断すんのは基本無理です」

それでなんでカメラマンになれると思ったの。そんな言葉が脳裏をよぎったが、小峯が撮ったうつくしい花嫁写真を思い出せば、口にする気はまったく起こらなかった。小峯はウェディングフォトを撮りたがっている。撮りたい景色が見えている。

「ねえ、ういろう、食べた?」

自分でもよくわからない問いかけがつるっと口から出た。

「え、はあ」

「あれ、小豆《あずき》はいってなくてさ、ほんとはぜんぜんようかんと似てなくなかった?」

小峯は少し考えて、「たしかに」とつぶやいた。

「でも見た目が長方形だからさ、似てるように思っちゃうんだよね。ようかんだと思ってういろう食べたらがっかりするかもしれないけど、ういろうにはぜんぜん罪はないと思うんだよね」

「なに言ってんのかぜんぜんわかんないっすけど」

「私も」

藺生は頭をかいて天井を見上げた。コンクリートの表面には傷ひとつなくて、なんだか冷たいかんじがした。

「なんていうか、佐々木さんにぜんぶ伝えたとして、小峯くんがカメラ触れなくなるのは、おかしいと思うんだよね。べつに小峯くん、ちゃんと撮れてたし。サポートはいるかもしれないけど」

自分でもどうにもできないことはある。父の視力がどんどん落ちていったように。藺生は、小峯を責めることはできない。

小峯の視線がゆっくりと藺生におりてくる。

「佐々木さんへの報告、俺からやっていいですか」

「えっ、もみ消すつもり？」

「なわけないでしょ。いちおう、今回は責任者、俺なんで」

わかった、と藺生は答えた。小峯の横顔にはなんとなく、信用に足る素直さがにじんでいた。

プリン頭をかいて、小峯は不機嫌そうに藺生をちらりと見た。

「てか、宮本さんだったんすね」

「え、なにが?」

「菊の打掛の写真撮ったの」

その時、ブーッブーッとスマホが鳴った。あわててポケットを見ると、由依からの電話だった。小学校からの幼馴染《おさななじみ》であるがゆえにめったに電話なんかしてこないのに、なんだろう。

「ごめん、出るね。ていうか私、急ぐんだった」

「あ、はあ」

「じゃあおつかれさま」

藺生は慌てて退勤時間を打刻して、事務所を出た。もう九時半を過ぎていて、寄席ははねている。ここから真嶋の事務所までは一時間。すでに夜分遅すぎるが、行くなら早いほうがいい。冷たい秋風に逆らって駅へと早歩きしながら、藺生は由依に電話をかけ直した。三コールで、由依はすぐに応答した。

「もしもし、藺生? 今どこ?」

「会社でたとこ」

「じゃあ家来《うちき》て」

「由依ん家ってこと? 今から?」

ちがうちがう、と由依の声が大きくなる。

「藺生の家。今あたし、藺生パパといっしょにいるから」

予想外の言葉に、思わず立ち止まった。

「え、なんで？」

「繭生パパ、駅で転んじゃったの」

ひやっとしたものが背中を駆け抜ける。そうだ。ひとりで寄席に行くと、父は言っていなかったか。一瞬ためらったが、繭生は答えた。

「今すぐ、行く」

電話を切って実家方面の電車に飛び乗る。心臓がばくばくうるさいのは走ったせいだけではなかった。自分のせいだ、と思った。私がいっしょに行くよ、と言えていれば、父は怪我をせずにすんだ。由依がわざわざ電話してくるなんて、ひどい怪我なのかもしれない。

改札を出て、夜道を全速力で走った。実家のマンションのエントランスを抜け、非常階段を駆け上がる。エレベーターを待つ時間がもどかしかった。

がちゃんとドアを開けた瞬間、「おかえりー」というのんきな声と、なにやらおいしそうな出汁《だし》のにおいがした。リビングにばたばた入っていくと、母と、父と、由依が、鍋《なべ》を囲んでいた。

へ、と、間抜けな声が出た。

「あ、ちょうどよかった。今おじやにしようと思ってたとこ。繭生も食べるよね？」

由依が鍋つかみで鍋を持ち上げて立ち上がる。繭生は目をこすった。

「……ここ私ん家《ち》？」

「どう見てもそうでしょ」

「いや、由依がうちの娘になったパラレルワールドに来たのかと」

「疲れてんだもん、てか、汗くさ」

父は「えっ、心配してきてくれたの？」と首をかしげた。

「あたしが連絡したんです、駅で繭生パパ救出したこと」

「なんだあ、たいしたことないのに」

「た、たいしたことないの？」

「ちょっと手首を捻挫《ねんざ》したかな？　ってぐらい。明日整体に行ってみるよ」父がのほほんと答える。

捻挫。ほっとしたような、後ろめたいような気持ちが、きゅっと胸に込み上げる。

「ほら、とりあえずおじや手伝ってよ」

由依に肘をつつかれ、「う、うん」と繭生はその背中についていく。なぜか母まで後ろをついてきた。台所に入ってくるのかと思いきや、「わたし、もう寝るわあ」とあくびまじりに言って、母は眠たそうに廊下をすすんでいった。

「由依ちゃんほんとにありがとね、おいしかった、ごちそうさまー」

「はあーい」

「え、娘へのコメントは？」

「おかえり、汗くさいからシャワー入ってから寝てよね、おやすみ」

いそいでやってきたってのに、ちくしょう。繭生はとぼとぼ台所に戻って、冷凍ごはんを電子レンジにつっこんだ。

「今日撮影だったの？」

由依が鍋を火にかけながら尋ねる。

「あ、うん。ていうか、ほんと、ありがとう」

「べつに近所だし、いまさら」

由依はたまにこうして父の様子を見に来たり、食事をいっしょにしてくれているらしい。たぶん、繭生と喋る時間より父と喋る時間のほうが長い。由依のほうがずっと親孝行な娘だ。

「でもびびったよ、まじで」

繭生は胸のあたりに手をあてた。

「いきなり電話してくるから、大怪我でもしたのかと思った」

「髪ぼっさぼさだもんね。爆走してきた？」

「うん」

心臓がいまだにばくばくいっている気がする。頭を手櫛《てぐし》で整えながら繭生はちいさくため息をついた。

「でもよかった、捻挫ぐらいですんで」

「いやいや、なに言ってんの」

口調は冗談めいていたが、繭生を見た由依の瞳は真剣だった。

「たまたまあたしがいたからよかったけど、一歩間違えば大怪我だったよ」

午後九時過ぎ、会社帰りに、由依は駅で父を発見した。父はちょうど改札を出て通路を左に曲がったところで、由依もその背中に声をかけようと追いかけたら、カシャーンと白杖《はくじょう》の転がる音がした。あわてて駆け寄ると、父はぺたんと地面に手をついて倒れていたらしい。

「え、なんか、障害物でもあったの」

「ありまくりだよ。あたしたちは気づかないかもしれないけど、うちの駅、ちっちゃい段差ばっかりなんだよ。エレベーターの意味ないぐらい。しかも」

ぎゅっとお玉を握りしめて由依がまくしたてる。「繭生パパが転んだすぐ脇に自販機があって、あたし、ぞっとした。もしあの角で頭打ってたら、とか、もし近くに子供がいて巻き込んでたら、とか、誰かの傘が立てかけてあったら、とか、もう、考えただけで怖くて」

由依はぎゅっと目を伏せた。

「そのあと、家まで送りますって言ってここまでいっしょに来たの。どこかお出かけだったんですかって聞いたら、寄席に行こうとしてみたんだけど、結局たどりつけなかった、って」

鍋が、くつくつくつと温度をあげて音を立てる。由依の目がぱっと持ち上がり、怒ったように繭生を見つめた。

「繭生、なんでいっしょに行ってあげないの。寄席なんか昔はしょっちゅう行ってたのにさ。そんなに仕事忙しいわけ、ぜんぜんこっちにも帰ってこないしさあ、もうとにかくなんかむかついて、電話しちゃったわけ」

ぼこぼこと吹きこぼれそうになった鍋の火力を慌てて下げて、由依は盛大にため息をついた。

電子レンジが、ピーッピーッと鳴る。

「すぐお母さんも帰ってきて、みんなあまりにもお腹空いてたから、鍋になった。はい、ごはん投入して」

「……ごめん」

ラップに包まれた白米をどぼんと落として、繭生はうなだれた。指先が湯気にあたってびりびり熱い。

「ていうか、謝るならお父さんでしょ」

鍋のなかでつやつやした米が肩を寄せ合って煮えている。そう言われてはじめて、自分がわだかまりを抱えていたのは、みず帆や真嶋だけじゃなかったのだと気がついた。

「由依、ありがと」

由依はふんと鼻をならした。

「それあの赤いサングラスかけてもう一回言って」

「罰ゲームじゃん」

「ていうかあのサングラスまだ持ってるの?」

「うん、本棚の上にあるよ」

一回目の手術のあと、ちゃんとした遮光レンズを作ってからは、出番はないけれど。

「あ、そうだ、キムチも入れちゃおう」

赤いし。繭生が言うと、「連想ゲームじゃないんだから」と笑われた。ごまをふって冷凍の小ネギを散らし、由依と並んでおじやが煮えるのを見つめる。繭生はたしかに父を避けるようになった。こうやって、昔は父とやっていたことを、もうできないと認めなければならないことが、ただひたすら悲しかった。父はもっと、悲しいだろうから。

鍋つかみを手に取る。台所の壁際には、芋俵のお菓子が、食べ切られることなく置かれていた。

おじやをたいらげて由依が帰ってしまうと、リビングに父とふたりきりになった。話したいことがもやもやと胸の中に渦巻いていたはずなのに、いざ面と向かうと言葉が出てこない。疲れているし汗くさいし、明日でいいかと立ち上がりかけたら、「今日ねえ」と父が言った。

「百廣の最寄駅までは行ったんだよ」

「え、乗り換え、たいへんだったでしょ」

「うん、夕方だったから人混みもすごくてさ、こりゃさすがに歩けないなと思って、ホームのベンチで座ってたんだ」

白杖を持って、ぽつんとひとりで腰掛ける父を思うと胸がちくりと痛んだ。

「そしたらさあ、誰が声、かけてくれたと思う？」

「え、誰」

「忍者さん」

藺生は目を丸くした。

「う、うそ」

「はじめは声だけじゃ誰か分かんなくて、真嶋です、写真の、って言われてはじめて分かったんだよ。あのひと、それにしても声ちいさいね」

「ちいさいっていうか、ぜんぜん通らないよね」

「そうそう、喋ったそばから消えてく、お線香みたいな声。ほんと忍者に向いてる」

そんなにだったっけ、と藺生は首をかしげた。

「職業、忍者じゃないけどね」

「でね、卒業式の写真、額に飾ってますよって言ったら、よろこんでたよ」

食器棚の方へ、ゆっくりと視線を向ける。見慣れてなんとも思わなくなっていたが、棚の上にはたしかに、藺生と父親のツーショットが飾られている。それは中学の卒業式の日、真嶋によって撮られたものだ。

あの日、昼の部を聞き終えると、父は「せっかくだから写真撮ろうよ」と藺生をのぼりの前に立たせた。卒業式から携帯していたデジカメを構え、パシャパシャ写真を撮っては、なにがしっくりこないのか、角度や立ち位置を変えてシャッターを切り、撮影はなかなか終わらなかった。周囲のほほえましげな視線がこそばゆくなってきたので、そろそろ帰ろうよ、とその場から逃れようとした時、「あの」と細い声がした。

「撮りましょうか」

上も下も真っ黒い服を着た、ひじきのように細い男性が立っていた。肩にかかった重たそうな四角いバッグも真っ黒だった。静かで控えめなその態度も含めて、なんだか忍者みたいだな、と繭生は思った。

「えっ、いいんですか？　ぜひお願いします」

父はうきうきとデジカメを渡して、繭生のとなりに立った。忍者さんがデジカメを構え、では撮ります、とシャッターボタンを押そうとしたとき、ピーッと音がして、デジカメのバッテリーが切れた。へんてこな赤いサングラスをかけたおとなの横に並んでいるのが恥ずかしかったので、繭生は、しかたないね、あきらめよう、と帰る方向に誘導しようとしたが、父は助けを求めるように忍者さんを見た。忍者さんは迷いなく、「おれのカメラで撮りましょう」と言った。

四角いバッグをあけて、瓶のような形をした重たそうなレンズをカチリと取り付けると、忍者さんは父娘に向かってカメラを構えた。

小さなデジカメとは比べものにならない、くじらの目玉みたいに大きくてつやつやしたレンズと目があう。どきりとした。父の構えるカメラとは、なにかがぜんぜんちがった。

「何枚か撮ります」

掛け声だって、はいチーズじゃない。

カシャン。空気がすぱっと切れるみたいに小気味よい音がして、繭生はすぐにぴんと来た。

自分は、このひとのシャッターの音を、ずうっと聞いていたのだと。

あっという間に写真を撮り終えると、忍者さんは「また寄席に来ますか」と尋ねた。父がうなずくと、じゃあその時までに現像して渡します、と言って風のように去っていった。

家に帰り、父が晩ご飯を作るのを待つあいだ、繭生は思い立って廊下の本棚に目をやった。家族三人分の本がごっちゃに収納されているので、もし落語の本があったら読んでみたいと思ったのだ。それらしき本はぱっとは見あたらず、ハードカバーと文庫本の段を過ぎ、視線はどんどん、風景、ファッション、建築、と大判の本へとくだっていく。そのなかにひとつ、背表紙が白黒のものがあった。引き抜いてみると、落語家の写真と、タイトルが、目に飛び込んできた。

〈作品集『高座の鏡』　演芸写真家　真嶋光一〉

ページをめくると、古めかしい白黒の写真からはじまり、カラーになるまで、たくさんの落語家や、紙切り、曲芸師など、寄席の芸人が写されていた。百ページを超える写真集は、静止画が連なっているのに、まるで映画のようだった。笑い声も、すすり泣く声も、怒鳴り声も、聞こえてくる。なによりも、ページをめくるたびに、忍者さんのきれいなシャッターの音が耳の奥で聞こえた。

繭生はその本を持って、どたばた廊下を駆け抜けると、台所でフライパンをふるう父親に突きつけた。

「これ、写真撮ってくれたひとでしょ？」

父はきょとんとして「え、そうなの？」と目を丸くした。写真集のなかに、写真家の顔はどこにも載っていないので、たしかに認識できなくても無理はなかった。繭生はぜったいそうだよ、とゆるぎない自信を持って父にうったえた。父がスマホで検索すると、演芸特集らしき記事のなかに、真嶋光一の顔写真がヒットして、繭生の正解はちゃんと証明された。

「繭生は、あのひとが真嶋さんだってどうして気づいたの？」

「だって、シャッターの音が、同じだったから」

繭生は答えた。「撮ってくれた時と、『花見の仇討ち』と」

父は感心したように、そっか、と小さく笑う。

「今も、忍者さんのシャッターの音、わかる？」

すこし考えて、繭生は、うん、とうなずいた。落語を聞くたびに、あのシャッターの音が脳裏で再生されるのだから、忘れるほうが難しかった。父は懐かしそうにほほえむ。

「繭生は昔からシャッターの音、よく聞いてたもんね。やっぱりカメラマンに向いてるよ」

胸の奥がちくりと痛む。

高校三年生のとき、写真の道にすすむように背中を押したのは、父だった。

受験勉強がはじまっても、繭生は寄席に通うことをやめなかった。どうせ週に一回、学校が終わったあとのたった数時間だし、と理由をつけて、ほんとうは勉強から逃れたかった。成績からして、一流大学に入れるわけでもないのに、周りと競うようにして問題集をひたすら解き続ける毎日は、繭生にとっては苦痛だった。

父から見て、娘の胸中はあきらかだったのかもしれない。ある日、寄席から帰る途中で、父はまるで文庫本でも取り出すかのように、写真の専門学校のパンフレットをかばんから出して見せてきた。

「ねえ、繭生、写真の道にすすんでみたら」

のんびりと父は言った。傘持っていったら、ぐらいの軽い口調だった。

「いきなり、なに」

「だってほら、写真部だし」

「たかが部活だよ」

入部した理由だって、忍者さんが持っていたようなカメラを触ってみたいという、単純な好奇心だ。活動内容も、賞に応募するような文化はなく、学園祭や体育祭の写真を撮って配布するというような、実務的なものだった。

「うん、でも、好きなことがあるっていいことじゃん」

父は、繭生がリビングのパソコンで専門学校のホームページを度々覗いていたことを知っていたのだろう。けれどそれは受験勉強からの現実逃避にすぎず、写真のプロになるなんて現実離れした考えを、繭生は自分で受け入れられていなかった。

「うーん」

「繭生、いつも教えてくれるじゃん。今日は忍者さんがいたね、って」

繭生は首をすくめた。たしかに、寄席で忍者さんのシャッターが聞こえた日は、自分のほかには誰も気がついていない宝物を見つけたようで、父に自慢するように報告していた。

「お父さんなんかシャッターの音すらぜんぜん聞こえないのにさ、よく分かるなあって思ってたよ」

「それはたんに耳が遠いんじゃない」

父は繭生の悪態も耳に入らないのか、わくわくした光を目に浮かべて言った。

「繭生、忍者さんみたいに、演芸写真を撮るのはどう」

「え、もうからなそう」

「いいじゃん、お父さんはうれしいよ。繭生が撮った高座の写真、見てみたいよ」

「それで娘がいきだおれてもいいの」

「そうは言ってないじゃないですかあ」

そのとき、胸のなかにぼんやりと光が灯ったのがわかった。繭生は、自分がひとを撮るのが好きなのだということに、うっすら気がついていた。

学園祭のステージで踊る後輩の横顔、アンカーを任されて汗まみれで走るクラスメイト、かれらの一生懸命な瞳を、とらえた！　と感じる瞬間、胸の中がよろこびでいっぱいになる。シャッターの音と共に、さあっと爽《さわ》やかな風が背中を吹き抜けていくような感じがする。そういう時、写真を撮るってなんてたのしいんだろう、と思う。それを仕事にできるのなら、それ以上のことはないとも、思う。

帰宅し、父と芋俵を食べながらお茶を飲む頃には、その光ははっきりと繭生の行く先を示していた。このままどんよりした気持ちで大学受験をするよりは、ずっといい。そして藺生は、高校を卒業すると、写真の専門学校にはいった。

藺生がみず帆の高座を撮ってしまったのは、それからおよそ二年後のことだった。

「真嶋さんに、娘さんは元気ですかって聞かれたよ」

どきりとした。

「今はウェディングフォトを撮ってる、って言ったら、そうですか、すごいですね、って。顔は見えないんだけどさ、分かったよ。忍者さんも寂しいんじゃないかなって。藺生がいなくなっちゃって」

それからしばらく世間話をして別れたという。父はぼんやりとテーブルの上を見つめて、しばらく沈黙した。やがて、そっと顔をあげて、言った。

「ねえ、藺生が演芸写真やめちゃったのはさ、僕が見えなくなったせい?」

その口元は、笑うのに失敗したみたいにゆがんでいた。

「そうだとしたら、なんか、申し訳ないなあ、って」

父はずっと、この問いを胸にしまっていたのだろうか。うつむき加減の視線が、まるでその背中に罪を背負っているかのようにしょんぼりして見えた。

「ちがうよ」

ぶっきらぼうな声がでた。なに勝手に自分を責めてんの、という父への苛立ちと、ほんとうのことを打ち明ける勇気を持てなかった自分への、どうしようもない怒りのせいだった。なんにも説明せず、それを背負わせたのは、私なのだ。

「演芸写真やめたのは、私がばかだったから。お父さんは、ぜんぜん、関係ない」

父は小さく顔をあげ、どういうこと、と控えめに尋ねた。

先延ばしにして逃げてきた話を、いよいよしなくてはならない。繭生は膝のうえでぎゅっと拳を握って、おおきく息を吐き出し、吸い込んでから、口を開いた。

「私、落語家さんの写真を、勝手に撮ったの。楓家みず帆さんの、『大工調べ』の高座」

え、と短く、父がおどろきの声をもらす。真嶋さんが体調を崩して、たまたま袖にひとりだった、と繭生はぽつぽつ話した。

「みず帆さんにすぐバレて、叱られて、謝りに行きなさいって言われた。だから私、荷物を持って、真嶋さんの事務所に向かった」

後悔とみっともなさで、喋るのをやめたくなる。それでも、なにひとつ父のせいではないということを、繭生は伝えなくてはならなかった。

真嶋の事務所へ続く川沿いの道を、繭生はのろのろと歩いていた。一歩進むたびに体に重りが追加されていくようで、ビルの手前までくると、ついに足が動かなくなった。もともと、怒られることがものすごく苦手だった。すでに胸のなかにある罪悪感が、誰かに指摘されることでぱんぱんに膨らんで内臓を破壊してしまうんじゃないかと思うほど苦しいのだ。でも、自分はそれだけのことをした。

正直に、謝らなくては。意を決してぼろぼろの建物に入ろうとしたときだった。

「お母さんから、電話が来たの。お父さんの手術、三回目だったけど効果が出なくて、視力の回復はもう、難しいって」

父の白内障は遺伝性で、父の母親は手術で回復したが、父の場合、何度水晶体を人工レンズに取り替えても角膜がむくんで腫《は》れあがってしまい、視界のかすみと視力の低下を繰り返していた。今回は、即効性のある日帰りのレーザー手術という話だったが、変化が出ず、これ以上の回復は厳しいと判断されてしまった。

それを伝える母の口調は淡々としていた。夫の目がいずれ見えなくなる、と宣告されたはずの母の声は、表面が平らな分だけ、その内側にうずまく不安や悲しみが透けて見えた。

繭生も、淡々と、そっか、と答えた。家電は音声ガイドのあるものに買い替えるねとか、杖《つえ》が必要になるねとか、生活支援のプログラムを紹介してもらえるみたいとか、母がつらつら言うのを、遠くはなれた出来事のように聞いていた。あと一時間ぐらいで帰る、と言って、繭生は電話を切った。

風がびゅうと吹き、耳たぶが千切れそうなほど冷たかった。

繭生は機材バッグからカメラを出すと、画像一覧を表示して、自分が撮った写真を選択した。小さなディスプレイのなかで、みず帆のこめかみに輝く汗の粒が結晶のようにかがやいている。シャッターを切った瞬間の熱は、ありありとその一枚に封じ込められていた。

いい写真だ、と思った。それでも父はこの写真を見られない。これから繭生が演芸写真を撮ったとしても、見せることは、もうできない。

親指で、カチリと消去ボタンを押す。〈削除します。よろしいですか？〉とテキストが表示された。

こくりと唾を飲み込む。繭生は冷たくなった指先で、〈はい〉を押した。

まばたきでもとらえることのできない、もう二度と戻らない一瞬は、そうしてあっけなくメモリから消えた。記録が残らないかぎりは、あの一瞬はないものと同じだった。そう悟ったとたんに、取り返しのつかないことをした、と思った。

冷たい風が頬を撫でる。一枚の写真よりも、はるかに重たいものを繭生はその時、手放した。

もうあとには引けなかった。繭生はぼろぼろのビルの三階にあがると、事務所のインターホンを押した。機材を戻しに来ました、と言うと、風邪をうつしちゃ悪いから玄関先に置いておいて、と具合の悪そうな声が聞こえた。

廊下に機材をおろして、コンコン、とドアをノックする。おんぼろのビルの壁は薄くて、廊下の声がはっきり聞こえることを繭生は知っていた。

「真嶋さん、私やっぱり、就職を考えてみることにしました。今まで、お世話になりました。ありがとうございました」

返事は聞こえなかった。返事が聞こえる前に、繭生は階段を駆け降りていた。

逃げるようにはじめた就活はあっけないほど簡単に終わった。ウェディングフォトスタジオの求人はいくつもあって、専門を出ていれば正社員としての条件は満たしていた。繭生は一番はじめに内定がでた『ポラリス』に進路を決め、父にもそのことを伝えた。年が明けたばかりのことだった。

「新卒逃すといろいろ大変そうだし。演芸写真だけじゃやっぱり、食べていけないって、真嶋さんにも言われたから。一度就職してから戻ってもいいって言われたし、そうしてみようかなって」

父はなにも言わず、寂しげにうなずいただけだった。そのときは父も、どんどん低下していく視力と折り合いをつけようとしていたのかもしれない。寄席で獅子舞《ししまい》を見ないお正月は、それが初めてだった。

話を聞き終えると、父の目は、焦点のさだまらないようすで、テーブルの上をさまよった。やがて、静かに言った。

「それは、謝んないといけないね」

「うん」

「嘘をついてはいないにしても、それは、隠しちゃいけないことだ」

繭生は唇をぎゅっと嚙み、わかってる、と言った。すこしの沈黙のあと、父はどこか寂しそうな声で尋ねた。

「もしゆるしてもらえたら、繭生は、演芸写真に戻るの?」

そのとき、きゅうに、喉の奥がぎゅっと引き絞られたみたいに声が出なくなった。真嶋にゆるしてもらえるだろうかという恐れ。食べていくのが難しい職業を選ぶ不安。そして、いちばん写真を見てほしいひとに、写真を見せられないという、叫び出したくなるようなもどかしさ。

父は繭生の気持ちを読み取ったかのように、眉尻をさげて、ちいさく口角をあげた。

「やっぱり、お父さんのせいも、あるよね。ごめんね。見たいとかいって、繭生の写真、見られなくなっちゃったから」

その、ごめんね、には、いろんなものが積み重なっていた。迷わせてごめん、昔みたいにあたりまえに父親できなくてごめん、と言われているみたいだった。そのとたん、しずまりかけた怒りがかっと込み上げてきた。

「謝っちゃだめでしょ、それは」

べちっ、と手のひらでテーブルを叩く。栓が外れたように喉が熱くなった。

「たしかに悲しかったよ。お父さんがいろんなこと出来なくなっちゃったことじゃなくて、そのことにショック受けてるお父さんの姿みるのがいやだった。がんばってひとりで行ってみるとか強がってんの、なんなのって思った。忙しいとかいってお父さんのこと避けて、謝んないといけないのは、私なんだよ」

手のひらにちりちりと痛みが走る。喉元に込み上げる熱いかたまりを抑えつけるように、繭生は拳をかたく握った。

「私はお父さんのことを言い訳にして、逃げた。私は、臆病《おくびょう》で、自分だけ守りたくて、ほんとに、どうしようもない人間なんだよ」

火花が散るみたいに目頭が熱い。私は、私に、どうしようもなく怒っていた。あの日、かけがえのない一瞬を、自分を守るために手放した。

「ごめん、お父さん」

声が、ひび割れる。

「お父さんが自分を責めることなんかひとつもない」

糸が切れたように、しん、と部屋が静かになる。父の言葉を、じっと身をかためて、待った。

やがて、そろりそろりと、テーブルの上を父の手のひらがさまよいだした。ティッシュのケースにぶつかりながら、藺生の拳を探すみたいに、こっちに近づいてくる。藺生は、ゆっくりと拳をゆるめて、人差し指で、ちょん、と父の手をつついた。

父がおどろいたように「お」と小声でつぶやき、それから、ちょん、と人差し指で、藺生の指先に触れた。

「イーティー」

父が言った。

「ばか」

父は照れたように薄く笑って、手のひらを広げると、きゅっと藺生の手をにぎった。その瞬間、自分が五歳児に戻ったような気持ちになった。

「藺生こそ、自分を責めすぎちゃだめだよ」

「なんで」

「撮りたいものがあるって、いいことだよ。藺生を形づくる、芯みたいなものだよ。だから、罪悪感だけで、その気持ちを消さないでほしい」

間違えない人間なんかいないし、間違えたら正直に謝ればいいんだから。父の言葉を聞きながら、最近、同じような台詞をどこかで聞いたな、と思う。胸に熱いものが広がって、指先が震えそうになる。

「でも、こわい」

藺生はつぶやいた。

「どうやったらつぐなえるのか、全然分からない」

「それは真嶋さんに謝ってから考えればいいよ」

父は顔をあげ、あ、でも、ひとつあるかも、と言った。

「なに？」

「今度はさ、藺生が、お父さんを寄席に連れて行ってくれる？」

父の焦点は藺生の肩のあたりに合わせられていたが、藺生は、父が自分の瞳をまっすぐに見つめていると分かった。

目頭にぐっと熱が込み上げる。「うん」と答えると同時に、目頭の火が、熱い雫《しずく》になって頰に落ちた。つぐないってほどのことじゃないけど、と父は冗談めかして笑ったけれど、それは立派なつぐないだった。事実、藺生が寄席を避けたせいで、父は駅で転んでしまった。

「寄席だけじゃないよ。明日の整体だって行く。どこだって行くよ」

「ありがとう」

父はやわらかく言った。

「でもその前に、真嶋さんに謝りにいっておいで」

「うん。ほんとは今日、行くつもりだったんだよ」

「今日？」

繭生は、うん、とうなずいた。

「ねえ、お茶いれてあげる。芋俵たべよう」

そして、今日の話をしよう。みず帆のこと、小峯のこと、撮影のこと、父に聞いて欲しかったことをぜんぶ。父は「ようし」と言って立ち上がった。

「じゃあ、お父さんのお茶の淹《い》れ方を伝授してあげよう」

手をつないだまま、父が台所へ歩き出す。家のなかなら、父は杖なしで自由に動くことができた。父は手慣れた手つきで電気ケトルでお湯をわかし、繭生は急須《きゅうす》と茶葉を取り出す。まず湯呑《ゆの》みをあったためて、あっためたお湯を急須に戻して、茶葉をひらいて。肩を並べて講義を聞いていたら、カシャッと背後で音がした。

「んっ？」

びっくりして振り向くと、パジャマ姿の母がスマホを構えて立っていた。

「いいツーショット」

真顔でうなずくと、「わたしもお茶飲む、もってきてー」とあくびまじりにリビングへ消えていった。

繭生と父は声をそろえて「しかたないなあ」とため息をつき、くくくと笑う。シャッターの音が耳の奥にこだまして、繭生はふと、父の横顔を見た。

「私、いつか、お父さんに見てもらえる写真、撮るよ」

「え？」

「私、演芸写真家に、やっぱりなりたい」

父は、応援する、と笑ったあと、すこし悔しそうな顔をした。

「あー、そうかあ。見れたらよかったのにな」

「見れるよ」

繭生は言った。

「高座で、私のシャッターの音、ちゃんと聞いてたら、見えるよ」

煎茶《せんちゃ》のかおりがふわりと台所に立ちのぼる。父は、「たのしみだなあ」と、ちょっと鼻声で言った。

5

四年ぶりにおとずれる〈百廣亭〉は、相変わらずあざやかにのぼりをはためかせていた。

緊張で、胃がきりきりと痛い。エントランスを通り過ぎて建物の裏側にまわり、繭生は楽屋口の前に立った。

寄席は都内に五軒あり、真嶋がどこにいるかは分からない。寄席だけじゃなく、都内のホールや、地方での営業についていっている可能性もある。今日は、まずはじめに真嶋の事務所に行ってみたが不在で、浅草から順にまわってきたので、〈百廣亭〉が最後の寄席だ。

はじめて真嶋に声をかけようとしたときも、こんな風に寄席をまわった。あの時は寄席に知り合いなどいなかったけれど、もしここにも真嶋の姿がなければ、誰かに居場所を尋ねようと決めていた。

時刻は午後五時すぎ、夜の部がはじまった直後だ。今日はもともと仕事が休みで、午前中、父を連れて整体に行ったが、なんと定休日だった。家にとんぼ返りして、せっかくだからと排水溝やエアコンのフィルターを掃除したりしていたら、この時間になってしまった。

真嶋に会って、謝ることを心に決めたはずなのに、無意識のうちに先延ばしにしていたのかもしれない、と、楽屋口に立ってみて思う。こわがりな自分は、かんたんに消えてはくれない。

「お?」

背後で声がして、はっと振り向くと、白髪頭の男性が立っていた。目があって、数秒の間のあと、男性は「おっどろいた」としゃがれた声でつぶやいた。

「ずいぶん久しぶりじゃねえか、繭生ちゃん」

目の前に立っていたのは、紙切りの樺家《かばや》六助《ろくすけ》だった。中学生の繭生に、桜の切り絵をくれた師匠だ。四年が経って、ごましおだった髪はすっかり白くなっていた。繭生はがばりと頭を下げた。

「お久しぶりです、六助師匠」

「どうしたの、寄席に戻ってくんのかい？」

まるで昨日まで顔を合わせていたみたいに六助が訊く。ありがたくもあり、後ろめたくもあった。

「いえ、そういうわけではないんですが……真嶋さん、今日、いらっしゃいますか」

「おう、いるはずだよ。帆宝師匠が中トリだから」

繭生は目をしばたたいた。ピーポーピーポーと、救急車の音が遠くで聞こえる。

「いま、帆宝師匠の写真を撮ってらっしゃるんですか」

「うん、もうすぐ独演会だから、その宣材だって。あとほら、帆宝師匠、もう結構なお年だろ。そのくせ取材とかカメラとか一切受け付けねえから、今のうちに真嶋さんにたくさん撮らせとこうっつう協会の企みもあんだろうな」

なるほど、と繭生はうなずいた。

「中入ってくか？」

「あ、いえ。それは、だめだと思います」

「え、なんで？」

首をかしげる六助に、内心びっくりする。六助は事情を知らない。みず帆はほんとうに、告げ口をしなかったのだ。真嶋との約束を破ったこと、楽屋にあがるには真嶋のゆるしがなければならないこと。どう説明しようかと言葉を探していると、六助が言った。

「ま、今話さなくていいよ。真嶋さんに先に話さなきゃなんないとか、そういうことなんだろ」

藺生は唇を噛み、はい、とうなずいた。六助は白髪を撫で、笑う。

「とつぜん楽屋に来なくなったからさ、どうしてるのか気にはなってたんだ。落ち着いたら、話聞かせてくれよ」

寄席は、師匠とけんかをして、破門になるひともいれば、戻ってくるひともいる。そういう世界で生きてきた六助は、当事者以外が口をはさむものではないと分かっている。そのうえで、前座や見習いの立場の人間に、とくにやさしく振る舞ってくれる師匠だった。なつかしさと申し訳なさが込み上げて、藺生は再び、深く頭を下げた。

「ありがとう、ございます」

あの時間違いをおかしていなければ、今頃、こんなふうに後ろめたい気持ちになることも、六助に面倒をかけることもなかったのに。あらたな罪悪感が胃のあたりに込み上げてくる。

「じゃ、真嶋さん呼んでくるから、待っててな」

六助が楽屋口のドアに手をかけようとしたそのとき、「緊急車両通ります。左折します」というアナウンスが鳴り響き、赤いランプを光らせた救急車が、〈百廣亭〉の前の路地に入ってきた。

「お、誰かご臨終かねえ」

六助が黒い笑いを浮かべると同時に、救急車はほんとうに〈百廣亭〉の前に停車した。青い服の隊員がおりてくると、エントランスから席亭が飛び出していくのが見えた。藺生と六助はぎょっとして、顔を見合わせる。

「ほんとにご臨終か?」

「不謹慎ですよ」

「何言ってんだ。前座、二つ目、真打、ご臨終。立派な階級のひとつだろ」

「師匠、ばちがあたりますって」

やがて隊員がぞろぞろこちらに向かって走ってきた。そのまま楽屋口に担架をかついで入っていき、繭生たちは中に入るに入れなくなった。

「お席亭、これ、どうしちゃったの」

六助が道の向こう側にいる席亭に呼びかけると、席亭は青い顔で「倒れたんだよ、真嶋さん、袖で」と叫んだ。はっと息をのむ。ガラガラと担架の音が近づいてきて、その上には、真っ黒い服を着た男性が寝かされていた。

「付き添いはどなたがされますか」

隊員が席亭に呼びかける。席亭は、はっと繭生に気がついて、「あれ、あんた、お弟子さんだったよね?」と呼びかけた。繭生はとっさに、「はい」と返事をした。

「じゃあ乗ってって。百廣亭《うち》の電話番号分かるよね、具合どんなもんか、病院から教えてくれるかい」

「わ、分かりました」

「がんばれよ、繭生ちゃん、気をつけてな。大事にな」

六助の声に見送られ、繭生はわけも分からず、救急車に飛び乗った。ブランケットにくるまれて横たわる真嶋の顔色は紙のようにまっしろで、飛び出た足首は小枝みたいに細い。もとから痩《や》せていたひとだったけど、さすがにここまでじゃなかった。けばだった薄いオレンジのブランケットを見つめ、繭生は押し寄せる不安をぎゅっと腕を組んでこらえる。はやく、早く着け、と念じながら、ぐんぐん進んでいく車両の振動を全身で感じていた。

病院はがらんとして、下校時間を過ぎた校舎のようだった。繭生はコンビニのレジ袋を下げて、ぺたぺたと廊下をすすむ。診察が終わってすぐ、このまま検査入院するので、必要なものを買ってきてください、と看護師に指示された。

真嶋が倒れたのは、ひどい貧血が原因だった。本人の意識はあんがいはっきりしていて、「それはさすがに、申し訳ない」とか「きみは帰りなさい」とか、いつにもまして細い声で何度も言っていたが、ストレッチャーの上で言われても説得力は皆無である。

病室は四人部屋だった。真嶋は窓際のベッドで、点滴につながれてぐったりしていた。顔色はすぐれないが、白からベージュくらいには色が戻っている。

「具合、どうですか」

歯ブラシやタオルの入った袋を脇に置き、繭生はベッドサイドに腰掛けた。真嶋は人慣れしない猫みたいにちらりと繭生を見て、「すまん」とつぶやいた。

「というか、なんで、きみ、いるんだ」

線香の煙より切れ切れの声がちょっとおかしかった。

「真嶋さんに会いに来たんです。あ、みたらし団子買ってきたので、よかったら」

真嶋はばつが悪そうにうつむいて「い……」と言った。

「い？」

「胃を、切ったから、餅《もち》は、避けてる。消化に悪いらしい」

「えっ」

胸に重たい石が投げられたみたいだった。こわいものはなにかと聞かれたら、みたらし団子と答えるくらいに、好きだったのに。

「い……」

「そう、胃」

「いや、えっと、そうじゃなくて、い、いつ切ったんですか」

三年前、と真嶋は答えた。

「ごめんなさい。知らなくて」

「いや、わざわざ買ってきてくれたのに、すまん」

「じゃあ、私、持って帰りますね。すみません」

「いや、わるい。好きなように」

視線をあわせないところ、謝りあってしまうところに、繭生はやっぱり、自分と近いものを感じるのだった。

「あの、真嶋さん」

長居をしても、よけいに真嶋を疲れさせてしまうと思い、繭生は居住まいをただした。真嶋もその気配を察知して、すこし表情がかたくなる。

「私、謝らないといけないことが、あります」

「いや」繭生が口を開く前に、真嶋は言った。

「四年前のことなら、べつに、いい。就職、無事にできたんだろう。こないだ、たまたまお父さんに会って、聞いた。よかったよ」

ぎゅっと罪悪感で胸が痛んだ。やっぱりみず帆は、真嶋本人にも、繭生がしたことを話してはいなかった。アシスタントをやめるにしても、あんな風に去るなんてゆるされないことなのに、真嶋はすこしも怒るそぶりがない。

このまま、戻れたらいいのに、と一瞬思った。黙っていたら、すんなりとまた手伝いをさせてもらえるかもしれない。六助だって、戻ってくんのかい？　とかるく聞いてきたし、席亭だって、繭生を弟子だと思っている。繭生はぎゅっと手のひらに爪を食い込ませて、そんな自分を正気に戻す。ここまで来て、逃げるな。

「そうじゃないんです。私は、真嶋さんとの約束を、破りました」

――演者に許可なく写真を撮らないこと。

「あの日、みず帆さんの写真を、勝手に撮りました。舞台袖で」

真嶋の目が、おどろいたように繭生に向けられる。繭生はベッドに鼻先がくっつきそうなほど、深く頭を下げた。

「それから、そのことを隠すために、写真を消しました。ほんとうに、ごめんなさい」

隣のベッドから、テレビのなかの笑い声が漏れ聞こえてくる。その音にすらかき消されてしまいそうな小さな声で、真嶋は尋ねた。

「どうして、黙ってた」

「叱られるのが、怖かったです。だから、逃げました。ごめんなさい」

「みず帆さんには、謝ったのか」

「はい」

繭生は顔をゆっくりと上げ、みず帆が花嫁として自分の前に現れたことを話した。みず帆に、写真を撮るなと言われたこと。後輩に担当が替わったこと。そして、一枚だけ、みず帆の写真を撮ったこと。演芸写真を撮りたいと、どうしようもなく、思ったこと。

「真嶋さん、お願いです」

きゅっと膝の上に手を置いて、繭生は言った。

「もう二度と、約束は破りません。どうか、また、お手伝いをさせていただけませんか」

わはは、ぎゃー、たくさんの効果音と音楽が、カーテン越しにどんどん大きくなる。そんなふうに感じられるぐらい、真嶋のいる空間は、静かだった。やがて真嶋は、細い、けれど意志のある声で言った。

「みとめることは、できない」

怒りや憤りはなく、ただ、事実として、告げているようだった。

「きみがしたことは、みず帆さんだけじゃなく、帆宝師匠にも謝りをいれなきゃいけない。もちろん、お席亭にも。そうまでして、きみをもう一度寄席にいれる理由はない」

みぞおちのあたりが急降下したように冷たくなる。とうぜんだ。身構えていたことなのに、突きつけられるとこんなにも苦しい。真嶋は言葉を続けた。

「それに、いまは、勤めているところがあるんだろう。わざわざ演芸に戻る必要は、ない」

「やめるつもりです」

繭生は歯を食いしばって答えた。

「私は、演芸写真が、撮りたいんです」

「いまの仕事から、逃げるな」

ささやきにちかい声なのに、それは爆音で聞く音楽より、ずっと重たく耳の中に響いた。

「きみは、一度、逃げた。まだ、みず帆さんの花嫁写真だって、撮らせてもらえないんだろう。演芸を撮る前に、いまの仕事を、ちゃんとやり遂げろ」

真嶋はゆっくりと息を吐き、ぐったり枕にもたれた。「今日は、ついてきてもらって、わるかった。もう帰ってくれ」

具合が悪いのに、無理に話をしてしまった。繭生は唇をかみ、「はい」と呟くと立ち上がった。罪悪感と緊張でみぞおちが気持ちわるい。廊下に出ると、非常灯のあかりが緑色に廊下をそめて、どこかおぞましくて、寂しいかんじがした。藺生はぴたりと立ち止まった。

私は真嶋さんの病室を出て、いったい、どこに行こうとしているんだろう。

断られるのはこわい。でも、自分を守るより、やりたいことがあるんじゃなかったのか。撮らなくては。頼み続けなければ。私は、父に自分の演芸写真を見せると約束した。

藺生はきびすを返して病室に戻った。「すみません、忘れものしました」

目を丸くした真嶋の横で、みたらし団子のパッケージを回収して、口を開く。

「百廣のお席亭さんには、さっき電話しました。機材は置いておいてもらえるみたいです。よければ、私、回収して事務所に戻しておきます」

真嶋は小さく首を横に振った。「それはもう、きみの仕事じゃない」

「はい。お手伝いできることがあるなら、やりたいってだけです」

「なにをしてもらっても、おれの考えは、変わらない」

一瞬怯《ひる》みそうになったが、藺生はぎゅっとかばんの肩紐《かたひも》を握って、自分をふるいたたせた。

「私、明日も来ます。できることがあれば、言ってください。消化にいいもの、持ってきます」

真嶋はおどろいた猫のようにかたまって、やがて、言った。

「検査があるから、明日は十二時間、絶食」

食べ物は持ってくるな、という意味なら、来てもいいってことなんだろうか。だめと言われても、来るけれど。

「分かりました。真嶋さん、お大事に」

藺生は頭を下げて、病室を出た。夜の深まった病棟は、やっぱり、放課後のようなかんじがした。どこか懐かしくて、さびしくて、すこしだけどきどきする。


二日続けて有給を取るのは初めてだった。

一日目は、昨日行けなかった整体に父を連れて行き、そのあと真嶋を見舞った。

父の手首は、その頃には痛みも引いて異常も見られず、父はただ肩をもんでもらい、藺生は肩こり改善コースを受けさせられた。鳴ったことのない関節がばきょばきょ音を立てまくって、こわかった。なんのお仕事されてるんですか、と聞かれて、カメラマンです、と答えたら、先生は「ああ……」と哀れみの笑みを浮かべた。肩こりも眼精疲労も職業病なので、付き合っていくしかないのである。コースが終わるとあきらかに首の可動域が広がっていて、感動した。

真嶋へのお見舞いを父に相談したら、豆腐プリンがいいよ！　と自信満々に言われた。

「お父さんの知り合いにも、胃がんになったひとがいてさ、そのとき豆腐プリンに命を救われたって言ってたよ」

「胃がん？」

「え、ちがうの？　胃を切ると、貧血にもなりやすいらしいよ」

藺生が病名を聞かなかっただけで、もしかして、そうなんだろうか。ただ、胃がん、という響きがものすごく恐ろしいものに感じられて、動揺した。父はすぐに藺生の気持ちを先読みして、ぽんぽんと肩をたたく。

「今、ちゃんと検査してらっしゃるんでしょ。これはいい機会だったんだよ。わるい方向にはきっと行かない」

「そうかな」

「藺生が心配しても、どうにもならないこともあるしね。でも、豆腐プリンを買っていくことはできるよ」

父はそう言うと、スマホで店名を音声検索して藺生にリンクを送ってくれた。音声読み上げと入力をすらすら扱っている父を見ていると、藺生よりずっとスマホを使いこなしている気がする。でも、こうなるまでに、藺生の知らない父の姿がいっぱいあるんだろう。

「ありがと」

スマホのリンクを見ると、豆腐プリンの商品名は『ちりとてちん』だった。

「この商品名はちょっといただけない気もするけど」

「あはは、たしかに」

父を家まで送ってから、乗り換え駅のデパ地下で『ちりとてちん』を買い、藺生は真嶋の病院へ向かった。午後の検査を終えて、真嶋はカーテンを少し開けて窓の向こうを見ていた。プリンを差し出すと、やっぱり商品名を見てちょっとけげんそうな顔をした。でも、拒絶されはしなかった。

「日持ちするみたいなので、お好きなときに食べてください。あの、退院っていつなんですか」

「言わない」

「え、なんでですか」

「来なくていいから」

それは、逃げるなと繭生に告げた声とはぜんぜんちがって、ほんとうに繭生を遠ざけようとしているとはとても思えなかった。

「そのときに私、来ますね」

看護師に退院の日程を聞くと、翌日の午前中だと教えてくれた。有給二日目は、午前中に真嶋を迎えにいって、タクシーで事務所へ向かった。真嶋はあのおんぼろビルが住居でもあった。タクシーのなかで、午後からスタジオに出勤すると伝えたら、真嶋はすこし悩ましげな顔で、口を開いた。

「どうして、演芸写真なんだ」

写真を撮って給料をもらえる仕事はほかにもいくらでもあるのに、と真嶋は言う。繭生は束の間、言葉に詰まった。

理由はいくつか浮かんだ。はじめて出会った写真家が、真嶋だったから。はじめて自分の意思で開いた写真集が真嶋のものだったから。寄席という空間が好きだから。それを切り取る真嶋に、憧れたから。繭生にとって、写真といえば、演芸だったから。ほかのジャンルに興味が向くことがなかったから。

そのどれもが本当だったけれど、真嶋の問いの答えにはならない気がした。

タクシーが川沿いの道に差しかかる。灰色がかった緑色の川が見えてくると、四年前、みず帆の写真を消した時の記憶がよみがえって、胸が痛くなった。この痛みのなかに、理由があるのかもしれないと思った。

繭生は静かに、口を開いた。

「はじめてでした。なにかを撮るために、してはいけないことをして、逃げなきゃって必死になるほど、失望されたくないと思ったのは」

その原因になったのは、たった一枚の写真だった。誰にも見せることはできなかったけれど、あれはたしかに、ファッションでも広告でもなく、演芸写真だった。

「私はウェディングフォトをたくさん撮りました。でも、一枚だって、誰かを裏切ってまで撮りたいとは思いませんでした。だから、演芸写真じゃなきゃいけないんだと思います」

みず帆の白無垢姿を撮った瞬間、繭生はようやく、そのことに気がついた。演芸ほど、胸のうちで火が燃えるようなつよい気持ちで撮りたいと思ったものは、この世にない。

真嶋は、すこしうつむいて頰をかき、やがて窓の外を見つめた。

「それじゃあ、どうしても撮りたい芸人がいるとか、そういうわけじゃないのか」

一瞬、みず帆の横顔がよぎったが、繭生はけっきょく首を横に振った。

「はい。たぶん私は、真嶋さんみたいに、目に見えないはずの景色が浮かぶような写真を、撮ってみたいんだと思います」

カシャン、とシャッターの音が鳴るだけで、満開の桜を、啖呵が飛び交う青空を、真嶋は見せてくれる。『花見の仇討ち』みたいに、と付け足すと、真嶋は「そうか」とつぶやいた。

タクシーの窓から、灰色の川を見つめて、真嶋はぽつりと言った。

「いろんな入り口があるんだな。おれは、撮りたいひとがいたから」

それは誰ですか、そう尋ねようとした時、タクシーが停まった。車をおりて、階段をのぼる真嶋の腕を支えようとしたら断られた。おんぼろビルにエレベーターはないので、せめて真嶋の荷物をうばうようにして全部持ち、三階まで届けた。

真嶋はドアの中を見せようとはしなかったが、ドアノブを握って、なにか言いたげにちらりと繭生を見て、また目を逸らした。

「もうここには来ないでくれ」

その声にはやっぱり、説得力はなかった。また来ます、と繭生は言って、川沿いのビルをあとにした。


二日半ぶりに事務所に出勤した繭生は、冷蔵庫に『ちりとてちん』をいれて、ご自由にどうぞ、と付箋《ふせん》を貼っておいた。ミーティングスペースで、繭生が休んだ日の打ち合わせの内容を、同僚から共有してもらう。

「あ、そういえば、午前中にアリアンナホテルのひとから電話ありました。緊急ではないみたいなので、午後に折り返してもらえたらって言ってました」

「すみません、ありがとうございます」

冷蔵庫にプリンあるのでよかったら、と告げて、繭生は自分のデスクに戻った。アリアンナホテルというと、先月、小峯と一緒に赤いドレスの花嫁を撮影した場所だ。けっきょく小峯は右向きの顔ばかりを選んでデータを渡してきたので、繭生が左向きの写真を追加しなければならなかった。提出したあとはレタッチのリテイクもなく、無事に納品されたと思っていたのに、なんだろう。

担当のプランナーに電話をかけると、すぐに出た。

「『ポラリス』の宮本です。午前中はお電話に出られずすみません」

「いいえ、辻《つじ》様のお写真の件なのですが」

辻、というのが花嫁の名前だった。プランナーの話によると、来月の挙式に飾るウェルカムボードと、プログラムに使用する写真をこちらに選んでほしいということだった。

「それから、印刷時に白飛び部分が出るかもしれないので、暗めにレタッチをしなおしてほしいそうです」

「承知しました。お顔の向きのご希望って、なにか、おっしゃってましたか」

「いいえ、とくには伺ってません」

規定のサイズと期限を告げられ、電話は終わった。背後で「戻りましたー」の声と共にぱたぱたと足音がして、振り向くと、小峯が機材を持って廊下を過ぎていくところだった。その直後、佐々木があらわれて、「カメラマンちょっと集合してー」とのんびりした声で呼びかけた。

デスクにいた数名のカメラマンが立ち上がり、藺生を入れて五名が佐々木のオフィスに集まった。全員黒い服を着て並んでいるので、なんだかバーコードみたいだ。被写体に自分の服が反射しないように、カメラマンは黒い服を着るのだということを、藺生は真嶋から教えてもらった。小峯は機材の返却作業をしているのか、その場にはいなかった。

「本当に申し訳ない」

佐々木は五人を見回すなり頭を下げた。

「先週、バッテリーの不調で撮影中にトラブルが起きた。幸い撮影は無事に済んだけど、これは、俺の責任。本当に悪かった。夕方新品が届くから、古いのは廃棄します。入れ替え作業、手伝ってもらえたら、ありがたい」

もちろんですよー、と声があがる。藺生もこくこくうなずいた。

「ありがとなあ」佐々木がほっと頬をゆるめる。

「あとはみんな、報告事項とかあれば、今言っちゃって」

すると、中西《なかにし》が、すっと手をあげた。藺生より一回り年上の先輩カメラマンだ。

「小峯のことなんですが」

ため息をつくような声だった。「昨日のカメアシ入ってもらってたんですけど、レフ板がお客様に当たったんです」

どきりとした。撮影では、被写体に触ることができるのは、メイクとスタイリストだけだ。ヘアや衣装の直しに関しては、その道のプロでないカメラマンは、指示を出すだけに留《とど》めなくてはいけない。ましてやレフ板が当たるのは、トラブルに直結する事故だ。

「お客様は大丈夫だったのか」

「はい、クレームにはならなかったです」

「ならよかった、小峯だってわざとじゃないんだろう」

「あたりまえですよ。問題なのは、あいつ、どうレフ板持ったらどう光が反射するかとか、どこが明るく見えるのかとか、理解しようとしてないんです。レフ板なんか毎回撮影で使うのに」

中西は、顔に光があたるように、と指示を出して、小峯がレフ板をいろんな位置に動かすのを待った。その途中で、小峯が持ったレフ板が、花嫁にあたってしまったのだという。

「謝罪はしてましたけど、ほんとに反省してるのかどうか。正直、こういうことがありすぎて、あいつがアシスタントの日は不安になります。髪色だって何回も注意してるのに、あのままだらしなく伸ばしっぱなしだし」

中西は憤ったようすで言った。その向こうにいた同僚からも、「私も同感です」と控えめな声があがった。「カット数も、いつも一、二枚間違ってるんです。自分で確認する気がないのかって、思っちゃいます」

佐々木は悩ましげに宙をあおぎ、「ちょうどいいか」とつぶやいた。

「そのことも、話そうと思ってた。俺も本人から聞いたばっかりなんだけど、小峯は、機械の扱いを覚えるのとか、数字を見るのなんかが、あまり得意じゃないそうだ」

ぽかん、とした空気が部屋に流れた。

「いや、それはそうだと思いますけど、改善する気がないってことですか」

中西が眉根を寄せる。

「んー、そうじゃなく、ちょっとした……学習障害てきなかんじ」

ほかの言葉を選ぼうとして見当たらなかったのか、佐々木はもにょっと口にした。佐々木自身も、カメラマンたちも、突然現れたその言葉にあきらかに戸惑っていた。

「だからさ、覚えるのは遅いかもしれないけど、この業界が好きで、根はひねくれてないと思うんだ。機材運んだり、倉庫の掃除したり、シャッターを切ることはできるわけだから。みんなで、それとなくサポートしてやってくれないか」

「……仕事ができなきゃ、好きとか以前の話だと思いますけど」

中西がぽつりと言った。

「でもほら、俺たちだって最初は先輩に習ってたわけだから。それは小峯も同じだろ」

佐々木は、小峯が撮ったみず帆の写真を見たのだろう。あれを見たうえで、小峯に退職を促せるようなひとではないのだ。黒い服のカメラマンたちは、あいまいにうなずき、各自のデスクへと戻っていった。中西の横顔は、あきらかに納得がいっていないようだった。

「あ、宮本」

呼び止められて、振り返る。「はい」

「水嶺苑の、挙式の方も、カメラマンは小峯でいこうと思う。先方もそのつもりだよね？」

「はい、そうだと思います」

「次も、サポート兼監督、お願いできるか」

「はい」

藺生がうなずくと、佐々木は安心したように肩をすくめた。

「ありがとな。先週、一番たいへんだったの、宮本だろう。ちゃんと休めたか」

「あ、おやすみいただいて、すみませんでした」

「謝ることじゃないだろ。めずらしいなとは思ったけど。どっか行ってたの？」

佐々木の目の奥に、ほのかに好奇心が見えた。事情を言うかどうか迷ったが、この忙しい時期に二日も休みをもらっておいてはぐらかすのは失礼だろうと、藺生は口を開いた。

「父の目がわるくて、駅で転んでしまって。ちょっと実家に帰ってました」

「わるいって、けっこうなの？」

「はい、視力はほとんどないです」

「あ、そうなんだ。それは心配だね」

佐々木の電話が鳴ったので、藺生は「失礼します」とオフィスを出た。

デスクに戻って、ふと気が付く。佐々木はみず帆と藺生の関係についてはなにも知らないようすだった。園田も、小峯も、伏せてくれたのだな、と思った。

スタッフ総出でバッテリーの入れ替え作業を終えると、ちょうど定時になった。ほとんどの社員が退勤したあとも、藺生は休んでいた分の作業があったので居残ることにした。整体に行ったおかげか、長時間画面を見ていても、いつもより疲れづらい気がする。

「宮本さん」

隣の席から小峯の声がした。

「ちりとてちん……ってなんすか」

顔を向けると、小峯はぺりぺりと豆腐プリンの包装をめくっているところだった。

「腐った豆腐のこと」

プラスチックのスプーンで一口目を運ぼうとした小峯の手が、ぴたっと止まる。

「これは、腐ってないっすよね」

「ないない」

小峯はほっとしたような顔でプリンをぱくっと食べた。

「落語の演目なんだよ、ちりとてちんは」藺生は言った。

「どんな話なんすか」

「食べ物になんでもケチつけるひとがいて、そのひとをこらしめるために、腐った豆腐を高級食材の『ちりとてちん』です、って言って出す話」

「こわ」

「東京だと『酢豆腐《すどうふ》』って題で演じるんだよ」

三口でプリンを食べて、小峯は空の容器を机の上に置いた。

「宮本さんてずっと落語とか好きだったんすか」

「うん、父が好きだったから」

「へえ。俺聞いたことないっす。なんか難しそう」

「私も最初はそう思った」

でも、シャッターの音聞いてるうちに、聞けるようになったんだよね。どうせ理解されないと思いつつ、藺生がそのことを話すと、小峯はあんがいあっさり「へー」とうなずいた。

「じゃあずっと落語とかが撮りたかったんすね宮本さんは」

小峯があたりまえのように言うので、藺生も、「うん」と認めてしまった。

「いつまでウェディングにいるんすか」

「そうだなあ」

——演芸を撮る前に、いまの仕事を、ちゃんとやり遂げろ。

真嶋の言葉を思い出し、やり遂げるっていうのは、どういうことなんだろう、と思う。でもひとつはっきりしているのは、これまでのように、自分の火種を上書きしなくていいということだ。

「いつかはやめる。でも、それまでは、なるべくがんばってみる」

逃げるための写真は、もう撮らない。ひとと向き合うことは、演芸も、この仕事も、同じなのだ。

「俺はさっさとやめてもらっていいですけどね」

社員になれる可能性あがるんで、と小峯は悪びれず言う。こいつめ、とむかついたけれど、本気で苛立ちはしなかった。

繭生は自分の画面に向き直る。ウェディングドレスを着た花嫁——辻の写真を、繭生は選ぼうとしていた。本人は、左向きの方がきれいに見えると言っていた。

「やっぱり、右向きの方が、きれいだよね」

小峯はちらりと繭生の画面をのぞきこんで、「いまさらっすね」と答えると自分のパソコンに視線を戻した。思えば、小峯はいつも、遅くまで残って仕事をしている。理解しようとしていないのでも、覚える気がないのでもない。そういうことを、中西や同僚の前で言えなかった自分がきゅうに情けなくなって、後悔が込み上げてくる。

そういえばまだ、小峯がうちに来た理由を聞いていない。ウェディングを撮りたがるのはなぜなのか。ものすごく興味があるわけではないが、いつか思い出したら聞こう、と頭の隅にメモをして、繭生は右を向いた花嫁の写真をクリックした。

6

菅井家・尾崎家の式の最終打ち合わせは、午後一時にはじまった。来週の挙式本番に向けて、出席者のリストや席次、式の進行、カメラマンの動線を、新郎新婦とともに確認していく。

ウェディングは、決めることがたくさんある。打ち合わせで喧嘩になり、泣いたり怒鳴ったり、新郎新婦の親が出てくる場面にも、藺生は遭遇したことがある。しかし、前撮りの段階でも思ったが、みず帆と大智には、揉める気配がすこしもない。

園田から聞いたことだが、ふたりは役割分担が完璧に出来ているらしい。ゲストの招待と席次、引き出物は大智が、衣装や会場の装飾に関してはみず帆が、というふうに、主導権が分かれていて、お互いに意見を出しあいながらも最終決定に文句は言わないと決めているのだ。

けれど、前撮りの時にはかんじなかった、どこか張り詰めた空気が、今日のふたりのあいだにはあった。明確な衝突はないが、目線を合わせる回数や、どこかぎこちない会話、肩と肩の距離の遠さで、それは明白だった。園田もそれに気がついていて、こころなしか口調がいつもより慎重になっている。

「では、挙式についてご不明点などなければ、披露宴のお話に移りたいと思いますが、いかがでしょうか」

ふたりがうなずいたのを確認して、園田は披露宴会場の見取り図をモニタに表示させた。テーブルの配置や席次を確認していると、みず帆が後方の席をすっと指差した。

「ひとつ、お願いがあります」

みず帆は園田ではなく小峯を見て言った。

「この席に祖父が座るんですが、ぜったいにレンズを向けないでください」

「え、なんでっすか」

「カメラが嫌いなんです、単純に。シャッターを切られると魂を抜かれるとか、そういう時代に育ったひとなので」

小峯は目を丸くしたが、「分かりました」と素直に答えた。

「どんな見た目のひとっすか？　披露宴以外でも写っちゃうことあるかもしれないんで、気をつけときたくて」

みず帆は繭生をちらっと見て「あとで見せてあげてください」と命じた。こくりとうなずく。

みず帆は再び小峯に視線を戻すと、淡々とした口調で言った。

「あと、その髪、黒くしてきてください」

予想外の指示に、繭生はまず園田と目を見合わせた。前撮りの時点では気にするそぶりすらなかったのに。小峯の髪は徐々に伸び、いまや耳を境に金と黒が一対一になっている。

「めんどうな噺家がたくさん来ます。なんだあのチャラついたやつは、だとかいきなり他人に絡みたがるひともいます。そういうリスクは下げておきたいので」

客に直接言われては、小峯もなにも言えずにうなずくしかなかった。

披露宴の進行表を見て、繭生は胸の底がじわっと熱くなるのを感じた。両親への花束贈呈や手紙を読み上げる儀式はなく、その代わりに余興の時間が長くとられている。余興を披露するのは三人。その全員が、寄席に出演する本職だった。

一人目は三味線漫談、二人目は講談、そしてトリは、みず帆が落語をかける。

「あの、急で申し訳ないのですが」

出し物の話になると、みず帆は切り出した。

「今、披露宴の会場を見に行くことはできますか？　確認したいことがあって。数分でかまいません」

園田は会場が空いていることを内線で素早く確かめると、ご案内します、と立ち上がった。園田が先頭に立ち、大智と小峯、そしてみず帆と繭生の並びで廊下をぞろぞろと進んでいく。やっぱり、大智とみず帆は距離を取って歩いている。どうしたのだろう、とぼんやり考えていると、

「真嶋さん、倒れたって聞いたけど」

静かにみず帆が訊いた。

「大丈夫だったの？　あなた百廣にいたんでしょう」

「あ、はい、いっしょに病院にいって……検査入院も終わって、おととい退院でした」

「そう」みず帆はどこかほっとしたようにうなずいた。

言うなら今しかない、と、繭生は続けて口を開く。

「四年前のことも、ちゃんと、謝ることができました」

「ああ、そう」

「私はまた、演芸が、撮りたいと思っています。そうお願いしました」

「で、だめと言われてここにいるわけね」

みず帆がふっと鼻で笑う。

「はい、でも、あきらめません」

「そう思うのはかまわないけど、こっちの仕事をおろそかにしたら今度こそ外れてもらうから」

「わ、分かってます」

なんとなく、再会した時とはちがう、繭生に対するものではないぴりぴりした空気がみず帆の周りには漂っていた。式が近づいてきて、神経質になる花嫁は少なくない。ただ、みず帆は毎日百人を超える客の前で芸を披露している。その肝の据わり方からしても、式ではない、なにかべつの理由があるのかもしれなかった。

宴会場は、テーブルや椅子が配置されていない状態で、がらんとしていた。定員五十名の会場は、壁や天井がシンプルな竹細工で飾られ、後方には大きな窓がある。庭園は見えないが、赤く色づいた林の隙間から、光が注いでいた。

「ステージはこっちですよね」

みず帆が尋ね、「ええ」と園田がうなずく。

見取り図では、窓と反対の壁側に、新郎新婦が座る高砂席《たかさご》と、一段高いステージが用意されることになっている。今はなにも置かれていないが、絨毯にのこった長方形の台のあとが、その位置を示していた。みず帆は腕をくみ、当日の配置を想像しているのか、ステージの位置に立ったり、窓の方まで引き返してステージ全体を見つめたりと、うろうろ歩き回った。

「当日の照明を見ることはできますか」

園田はうなずいて、音響卓のそばにある照明のスイッチをいじった。ふっと部屋が暗くなり、ステージが橙色に浮かび上がる。披露宴はちょうどこの時間帯なので、窓から差し込む光もやさしく、きれいだった。

この光の中でみず帆が落語を披露すると思うと、勝手に胸が高鳴った。みず帆はどんな噺をやるのだろう。

しかし本人は深刻そうな顔をして考え込み、やがて窓際の空間を指差した。

「親族席はそのあたりですよね」

「はい、そうです」

親族席は、高砂からいちばん遠いテーブル、つまり窓にいちばん近い場所にある。みず帆は言った。

「ステージを、窓側に移動することはできますか」

園田はぎょっと目を丸くした。「と、いいますと、前後をまるっと入れ替えるということでしょうか」

「いえ。わたしの出番だけ、ステージを窓側に用意してほしいんです。なるべく親族席に近い場所で、落語がしたいので」

高齢で耳が遠い家族もいますし、とみず帆は付け足した。

「なるほど。ただ、それですと、結果的に両側にステージを追加することになるので、じゅうぶんなスペースがないかもしれません。当日、ゲストの座るテーブルを動かすことはもっと難しいですし」

つとめて冷静な口調で園田は言った。

「もし、ご家族様さえよければ、菅井様の出番の時だけ、ステージの前に椅子をご用意して、そこにお座りいただくことも出来ますが……」

「それだと、親族十四名全員というわけにはいきませんよね。前方のゲストの視界もふさがってしまうし、その案はいやです」

「では、いっそ窓側を高砂席とステージにして、親族席を最前列にするというのはいかがですか」

「ないです。身内は末席に座っていてもらいたいので」

園田が困惑の表情を浮かべたそのとき、「なに言ってるんだよ、今さら」と大智が言った。苛立ちを抑えつけるような、聞いたことのないトーンだった。

「ふつうにステージで落語をやればいいでしょ。昨日言われたことなんか気にしなくていい。もう、変更するには遅すぎるって」

「気にしなくていいってなに」

するどい声が飛ぶ。

「なにを気にして気にしないかはわたしが決める。自分が言われたことじゃないからって軽々しく口を出さないで」

みず帆は大智をまっすぐに睨みつけた。大智も負けじと声を張り上げる。

「席次は僕に権限があるんだろう。変更はしないでくれ」

「席次を変更してくれとは言ってない。高座についてはわたしが決めていいはずでしょ」

一重瞼に凄《すご》まれて、大智はぐっと唇をかんだ。みず帆はなにかに急《せ》かされるように園田に向き直った。

「簡易的な雛壇《ひなだん》でいいんです。段がなくてもいい。なんなら、座布団さえ窓際にあればいいんです」

「それですと、壁側のゲストから、菅井様のお姿が見えなくなってしまいますが」

「それでも構いません。声は届くはずですから」

園田はぐっとため息をこらえるような表情を浮かべ、「それでしたら」とうなずいた。「ステージの上の高座を、菅井様の出番のとき、窓側に持ってくることは可能かと思います」

高座はその名のとおり、和机や平台などで高さを出した、一人分が座れる小さな舞台のことだ。それなら運搬は難しくないし、スペースもある。

「ありがとうございます。よろしくお願いします」

みず帆の出番だけ、窓側に高座を置く――その景色を想像して、繭生ははっとした。とっさに小峯を見上げると、とくになにも気がついていないようで、会場をきょろきょろと見回している。

「小峯くん」

小声で声をかけると、「なんすか」と繭生を見下ろした。

「照明とか、露出については、私にも口出す権限ある？」

「そっすね、どうぞ」

繭生は顔をあげ、みず帆の方へと向き直った。「あの」

みず帆が苛立ったように「なんですか」とこちらを見る。その視線に怯みそうになったが、繭生はぎゅっと拳をにぎって、黙りたくなる口を無理矢理ひらいた。

「もし、窓側に高座を作ったら、逆光になって、写真のうつりが悪くなってしまいます」

刺すような視線が痛かったが、一度言い出したことだ。繭生は続けた。

「それに、みなさん椅子に座られているので、雛壇がなければみず帆さんを見下ろす形になって、むしろ落語が見にくいと思います。今のままなら、ステージに自然光も入りますし、とてもきれいに写ると思うのですが――」

「いい加減にして」

みず帆はいよいよ耐えられないというように繭生を遮った。

「逆光でも撮り方なんかいくらでもあるでしょう？　プロなんだから。だいたいあなたは担当じゃない。もう決まった話を蒸し返さないで」

みず帆は「わたしの高座は密際にお願いします」と園田にもう一度念を押すと、くるりときびすを返して宴会場を出て行った。

はああ、とおおきなため息をついて、大智が顔をおおう。

「ほんと、すいません。あのひと、むきになってて」

「いいえ、お気になさらないでください」園田はにこやかに答えた。「直前の変更はみなさんされることです。菅井様のご要望は、小さい方ですよ」

たしかに、式の二日前にゲストが半分以上欠席すると知らされ、前日にウェルカムムービーをどうしても追加したいと言われ、前夜にドレスを変更したいと電話越しに泣かれた時にくらべたら、今回の変更は些細《ささい》なものだ。みず帆の心はとっくに決まっていたし、わざわざ自分が口を出すものではなかったと、繭生は反省した。意見を口にすることは、「かしこまりました」の一言よりもずっとたいへんで、疲れる。

応接室に戻ると、みず帆の姿はなく、大智がスマホを確認すると「先に帰る」とメッセージが入っていた。さすがに園田も黙っていられなくなったのか、「なにかわたくし共にお手伝いできることはありますか」と大智に尋ねた。

「余計なお世話かとは思いますが、おふたりの間にわだかまりがあると、当日の予期せぬトラブルにつながります。今のうちに、解決しておくに越したことはありませんので」

そうですね、と大智は弱々しくうつむき、「昨日、両家の顔合わせで」とつぶやいた。

「僕の両親が、みず帆の気にさわることを言ってしまって——僕ら、高校の同級生なんで、僕も僕の家族もあんまり演芸に詳しくないんです。誰にも悪気はないんですけど、それがかえってみず帆を、追い詰めてしまって」

大智は顔をあげ、あいまいに笑った。

「でも、やっぱり、これは僕たちの問題なので、みなさんに助けていただく話じゃないと思います」

大智はえりあしをかいて、頭を下げた。

「今日はありがとうございました。当日もよろしくお願いします」

応接室を去っていく後ろ姿は、どこか行き場のないように縮こまって見えた。廊下の向こうに大智が消えていくと、園田はあんがいのんきに、「まあ多かれ少なかれトラブルのない式なんてないからね」と伸びをした。

「あたしたちはあたしたちで、当日、一生懸命がんばりましょ。あ、そうだ宮本さん、菅井様のおじいさまのお写真、共有してもらえる？　ていうかどうして宮本さんが写真持ってるの？」

「落語家なんです、おじいさまも」

繭生は慌ててスマホを出して名前を検索した。ネットにあがっている写真は、新聞をウェブ記事化した数枚だけで、すべて真嶋が撮影したものだ。

「六代目、楓家帆宝師匠です」

写真のなかの帆宝は、真っ白い髪に、枯葉を煮詰めたような焦茶色の着物を身につけていた。高座のうえで凜と背筋をのばし、たばこ、ではなくたばこに見立てた扇子を、細い指先に挟んでいる。花魁《おいらん》を演じているのだろう。見る人が見れば、たった一枚の静止画でもそれが分かる。表情と姿勢だけでその色気をかもしだすのは帆宝師匠の技だが、的確にその場面を切り取るのは、真嶋の技でもある。

画面をのぞきこみ、園田は「大物感すごいな」とつぶやき、小峯は「何歳なんすか」と訊いた。

「大物です。おととしぐらいに、文化勲章を授与されてました。もう九十歳ちかいと思います」

「なんだ」小峯は安堵したようにつぶやいた。「見ればすぐ分かるひとでよかったです」

「たしかにそうね、オーラがすごそう」

園田はしみじみ腕を組んでうなずいた。

「そんなひとが肉親って、そりゃ、菅井様もプレッシャーよね。はれの日に、なるべく間近で芸を見てもらいたいって思うのは当然だわ」

それはまちがいない、と繭生も思う。帆宝は、四年前の時点でかなり耳も遠くなっていたので、みず帆が直前にステージの位置を変更したくなるのも理解できる。

でも。一筋の違和感が胸に走る。

ステージの見栄えを悪くしてまで、祖父に落語を聞かせたいと、みず帆はほんとうに思うだろうか。みず帆の師匠は、帆宝だ。何度も稽古をつけてもらっているはずだし、落語を聞かせるのは、なにもこれが最初で最後じゃないはずだ。

とはいえ繭生がいくら想像を働かせたところで、みず帆の本心など分かるはずもない。園田と別れ、小峯とともに通用口へと引き返す。吹きつける風はすっかり乾いて、本格的な冬をその内側に秘めていた。

夜に沈んだ川沿いの道を、真嶋の事務所に向かって歩く。右手に持った紙袋が、一歩進むたびにがさ、がさ、と揺れた。それは、ついさきほど〈百廣亭〉の席亭から渡されたものだった。

仕事が七時までに終わった日は、真嶋の事務所へ行くことにしていた。真嶋が救急車で運ばれてから十日が経ち、訪ねるのは今日で四度目になる。真嶋はもう仕事に復帰しているようで、事務所にいたのはそのうち二回だった。

一回目、ドアの隙間から顔を見せた真嶋は、ほんとうに来たのか、とおどろきと戸惑いの混じった顔をしていた。繭生は、体の調子を尋ね、買い物があったら言ってください、なんでも買ってきます、と意気込んだが、「いらない」とにべもなくドアを閉められそうになり、慌てて頭を下げた。また写真のお手伝いをさせてください、お願いします。すると「認められない」とシンプルな返事が返ってきて、もう遅いから帰りなさい、と取りつくしまもなくドアは閉められた。

二回目も同じようなものだったが、ドアが閉まる直前、真嶋はぴたっと動きを止めた。どうかしましたか、と尋ねると、無言で逡巡《しゅんじゅん》し、どこか申し訳なさそうに繭生を見た。

「百廣のお席亭に、お見舞い返しを忘れてた」

そう言うと真嶋はパタンとドアを閉じ、再びドアが開いたときには、五千円札を片手に持っていた。しばらく仕事で百廣には行けないから、てきとうになにか買って、渡してもらえないかと、真嶋は小さな声で告げた。繭生はもちろんです、とうなずいて、五千円札をうやうやしく受け取った。

「今日は遅いから、明日か明後日でいい。報告には来なくていい」

再びドアが閉まると、胸の底からぼんやりと熱いなにかが込み上げてきた。頼りにされている。この調子でまた、すこしずつ、手伝いを再開できるかもしれない。繭生は五千円札を大事にしまい、翌日、デパートの地下でお見舞い返しのマドレーヌを買って〈百廣亭〉に向かった。

それが、一時間前のことだ。

席亭は売店のなかにいて、繭生を見るとすぐに右手をあげた。繭生はぺこりとお辞儀をして、真嶋さんからです、とのしのついた紙袋の中身を渡した。

「おお、悪いね。そのあと真嶋さん、どう?」

「お仕事、けっこう忙しいみたいです。事務所にいない日も多くて」

席亭は、そりゃあ心配だな、と眉根をよせた。

「もともと体の強いひとじゃないのにね。三年前に手術したあとも、かなりしんどそうにしてたし。再発とか転移とかじゃないといいけど」

「やっぱり、がんだったんですか」

髪の毛のないつるんとした頭頂部を撫で、そんときは胃がんだったね、と席亭は言った。父の予想したとおりだった。

「最近は調子良さそうに見えたけど、急に崩れるんだから人間の体ってこわいね。まあ、寒くなってきたし、帆宝師匠の撮影で忙しかったんだろうしね。ひまがあったらさ、ちょくちょく見舞ってあげてよ」

マドレーヌの箱を棚にしまうと、そうだそうだ、と席亭は声をあげた。しゃがみこみ、これ、お返しのお返しになっちゃうけど、持っていってあげて、と、席亭はあらたに紙袋を差し出した。なかには、飴やお弁当が入っていた。

「真嶋さんには、寄席のみーんな、世話になってる。これはお返しとかほんとにいらないから。お大事にって、伝えてくれるかな」

「はい」

紙袋の重みが手に伝わると同時に、すこし、とまどった。自分が真嶋と寄席の橋渡しを任されていることは、うれしくて、誇らしい。けれど、この役目を引き受けていいんだろうか、という罪悪感も込み上げてくる。席亭も、みず帆以外の芸人たちも、繭生のしたことを知らないのに。

「あの、私」

黙っていることはできないと思った。謝らないといけないことがあります、そう切り出そうとしたらお客さんがやってきて、席亭はそちらに目を向けた。ちょうど仲入りの時間になったらしく、売店の前にはあっという間に長い列ができた。じゃあまた、と席亭はあわただしく持ち場に戻り、藺生はあきらめて頭を下げ、〈百廣亭〉をあとにした。

古いコンクリート造りのビルは、壁にところどころ穴が開いていて、風が吹くたびにひゅうひゅうと不気味な音を立てる。階段をのぼり、真嶋の部屋へ体を向けると、内側からドアが開いた。

出てきた人物と目があい、藺生はかちんと硬直した。新雪のような、混じりけのない白髪頭に、切れ長の一重瞼。見間違いようもなく、そのひとは、楓家帆宝だった。パタン、とドアが閉まる。

「あんたか」

冷たい風に満たされた廊下に、帆宝の声が落ちた。「真嶋の元弟子ってのは」

使い込まれた舞台のように、深い色で艶《つや》めき、わずかな掠れはその内側に小さな傷や痛みを内包しているかのようだった。

「は、はい。宮本藺生と申します」

実際は、四年前も、真嶋と一緒に挨拶をしているし、楽屋でも何度も顔を合わせたことがある。とぼけているのか、本当に忘れているのかは、分からない。

「今ちょうどあんたの話をしたよ。袖で勝手に写真撮ったんだってな」

帆宝はこつん、と杖を床についた。チェスターコートの隙間からのぞいた手首は、枯れ枝のように細い。

「真嶋に、自分の連れてきたもんが、とんでもないことをして申し訳ありませんでしたって、頭ァ下げられたよ」

一重瞼の目は、ひゅうひゅうと吹く隙間風よりもずっと冷たく、繭生を見ていた。

「なあ、師匠に頭下げさせて、自分はなんでそうやって立ってられるんだい？」

ぴきん、とすべてが凍りついた。体が思うように動かない。上半身をどうにかぎゅっと折り曲げて、繭生は頭を下げた。

「も、申し訳ありませんでした。本当に、反省しています。もう二度と同じことは――」

「冗談だよ」

ふん、と帆宝は鼻で笑った。

「真嶋は、あんたのことは二度と楽屋にはあげないと言った。あんたはもう、この商売には関わらない、他人なんだ。あたしらに頭下げる必要はないよ。反省なんかしなくていい、どうせ戻って来ねえんだから」

きいん、と耳が切れるように痛い。風か、その声か、繭生の内側から、傷が生み出されているのか。

「でもな、真嶋のことはこれからも見舞ってやってくれるか。あんた、楽屋にあがれないからって見捨てるような、そこまでの悪人じゃないんだろ」

老いた落語家は、繭生に背を向け、一歩ずつ杖をついて階段へ向かっていく。

みるみる、恥ずかしさと情けなさで顔が熱くなり、その分だけ指先が凍えていく。私はどこまで甘いんだろう。真嶋を見舞い、寄席に通っていれば、いつかまた高座の袖に戻れるのではないかと、勘違いしていた。繭生をもう一度寄席にいれる理由はないと、真嶋ははっきり、言っていたのに。

このひとは、真嶋が繭生に向けなかった厳しさや冷たさを、代わりに与えているのだ。

心臓が凍《い》てついたように痛くて、苦しかった。席亭から受け取った紙袋が、鉛のようにどんどん重さを増していく。何度真嶋を訪ねても見舞っても無駄。これ以上傷つきたくないなら、はやく諦めてしまえ。心のなかで自分が言う。でも、ここで何も言わずに帆宝を行かせてしまったら、臆病な自分に負けてしまう。

帆宝の背中に向かって一歩踏み出すと同時に、階段をおりようとして、帆宝がよろけたのが見えた。繭生は考えるよりもさきに駆け出して、その腕をつかんで支える。上着越しに触れた腕の軽さに驚いた。

「悪いね」

そのまま、ゆっくりと、ふたりで階段をおりた。思えば、行きはひとりでこのおんぼろの階段をあがってきたのだ。それだけこのひとは、真嶋を気にかけている。もう高座では、長時間の正座もままならず、座椅子を使っているほどなのに。

自分だって、中途半端な気持ちで真嶋を訪ねているわけではない。そのことだけは伝えなければならないと思った。地上につき、歩道に出ようとする帆宝の背中に向かって、繭生は腹に力を入れた。

「私は、演芸写真が、撮りたいです」

帆宝は立ち止まり、繭生を見た。蛍光灯が、老人の青白い顔を照らして輪郭を浮かび上がらせる。ああ、なんてみず帆に似ているんだろう。高座で啖呵を切ったあの横顔を思い出し、胸の奥の火種がぱちぱち燃える。

「みとめてもらうまで、通うつもりです」

帆宝は、一重瞼でじっと繭生を見つめ、言った。

「それは真嶋に言うもんだろ」

でもな、あいつァ手ごわいよ。帆宝は枯れ枝のような指を持ち上げ、自らの胸のあたりをとん、と叩いた。

「あたしを撮るまで死ねねェって言って、二十年、粘りやがったんだから」

びゅう、と冷たい風が吹く。ぞっと鳥肌が立った。

二十年。自分が生まれてから専門学校を出るまで、それとおなじだけの年月、真嶋は、帆宝に意思を伝え続けたのか。撮らせてもらえないひとに向かって、撮らせてください、と。

タクシーのなかで言っていた、真嶋が撮りたいひとというのは、目の前の落語家のことだった。

「あんた、同じだけの覚悟がねえなら、さっさとやめときな」

夜の闇に、帆宝が消えていく。二十年。繭生は二十年後の自分を想像することもできない。それだけの長い間、他の仕事をしながら、諦めずに真嶋の元へ通えるかどうかも分からない。自分はまた逃げてしまうんじゃないか。そんな不安が、ぬぐえない。

繭生は〈百廣亭〉でもらった紙袋を手に、ゆっくりと階段をあがった。でもこれだけは届けなければ。インターホンを押すと、すぐにドアが開いた。

「師匠、やっぱりこれは――」

芥子《からし》色のマフラーが目の前に差し出される。え、と体がかたまった。

真嶋は、廊下に立っているのが繭生だと分かると、はっと口をつぐみ、マフラーを引っ込めた。その瞳は、見たことのない、戸惑いと憧憬《しょうけい》の混じり合った色をしていた。真嶋は、帆宝が戻ってきたと思ったのかもしれない。気まずさをごまかすように、繭生は紙袋を持ち上げた。

「これ、百廣のお席亭さんからです」

真嶋はきょとんとした顔で紙袋を見た。繭生は早口に、席亭の台詞をつたえた。「お返しはいらない、お大事に、っておっしゃってました」

「……申し訳ないな」

そうつぶやいて、真嶋は空いている手で紙袋を受け取った。その直後、「あ」と目を丸くした。

「え?」

「血が」

はっとして、繭生は真嶋の視線の先を見る。ずっと紙袋の持ち手を握っていた手のひらに、ずっと切れ目が入って、赤いものが皮膚ににじんでいた。ぎょっとした。寒さと乾燥でいつのまにか切れてしまったのだろうか。痛みにはまったく気がつかなかった。

「あ、あ、ごめんなさい。袋、血がついちゃいましたよね。私が回収します」

「いや、いい」

消毒しないと、と言って、真嶋はドアを大きく開けた。

「絆創膏《ばんそうこう》を探すから、入りなさい」

寒いから、と言って、真嶋は玄関の先へ消えていく。繭生はおずおずと、四年ぶりに、真嶋の事務所に足を踏み入れた。


けばだった畳、隅に固まった黒い機材バッグ、充電器など、部屋の様子はちっとも変わっていなかった。写真家の事務所というのは、自分の作品や写真集で溢《あふ》れているものかと思ったが、真嶋の場合はそういったものが一切ない。変化といえば、遠目に見た台所に、処方箋の袋がたくさん重なっていることくらいだろう。

卓袱台《ちゃぶだい》の上には急須と、湯呑みが二つ出ていて、帆宝の気配が色濃く残っていた。壁際の作業台にはノートパソコンが一台開かれたままになっている。真嶋はさっと画面を閉じると、卓袱台の方へ座るように繭生に言った。

ふと、視線の先に、黒い額縁を見つけた。それは、この事務所で唯一、額装された写真だった。いつも窓際に飾られているのに、今日は機材バッグの上にぱたんと伏せられている。慌ててどかしたのだろう――本人が来たから。

「さっき、廊下で、帆宝師匠にお会いしました」

薬箱を探しながら、ああ、と真嶋は振り返らずに言う。

「ちょうど、見舞いに来てくださったんだ」

繭生は血がついていない方の手で、ゆっくりと額縁に手を伸ばし、ぱたん、と写真を表に返した。右下には、十年前の西暦と、十一月の日付が赤く印字されている。色褪《いろあ》せたカラー写真のなかで、帆宝は凜と背筋を伸ばして客席を見つめていた。なんの演目かは、分からない。

目的のものを見つけたのか、真嶋は卓袱台の向こう側に座った。ティッシュ箱と、家によくある消毒薬と、絆創膏の小さな箱を無言で差し出してくる。あとは自分で、と言いたげにちらりと繭生を見ると、卓袱台の上の冷めたお茶をすすった。やっぱり人見知りの猫みたいなひとだ。でも猫よりずっと人間の面倒見がいい。

「真嶋さんは、どうして、帆宝師匠の写真が撮りたかったんですか」

絆創膏に手を伸ばさないかわりに、黒い額をそっと抱えて、繭生は尋ねた。「二十年、粘ったって聞きました」

湯吞みをことんと置いて、真嶋はぼんやりと繭生の手のなかの写真を見た。

「水に楓」

細い声で、真嶋は言った。

「よく、帆宝師匠が話す、まくらのひとつ。知ってるか」

繭生は写真の中の、羽織に白く抜かれた丸い紋を見下ろした。楓の葉が、水に流れる、楓家の定紋。脳裏にふと、みず帆の白無垢がよぎった。

「はい」

なぜこれが楓家の定紋となったのか。帆宝だけでなく、楓家一門の落語家が高座で何度も繰り返してきたまくらだった。

「──あたくしは楓家という一門に属しておりまして、着物には定紋、というのがございます」

真嶋がとつぜん、喋った。帆宝のようでも、みず帆のようでもない、噺家には似ても似つかない切れ切れの声だった。

「──なんという紋かと言いますと、『水に楓』というんですね」

何度も暗唱させられた、聖句やお経のように、真嶋は淡々と、脳内のせりふを読み上げていく。

「──楓の葉が水に流れていくようすを描いた紋でして、あまりに儚《はかな》すぎるというんで、ふつうは家紋としては使われないんだそうです。まあそこは噺家、ちょっと頭がおかしいんでございまして、初代の楓家帆宝は、こう考えました。『まるで演芸のようではないか』、と」

その声を聞いているうちに、百廣亭の高座が、ぼんやりと脳裏に浮かんできた。その高座には、みず帆が座っている。きっと真嶋の内側では、帆宝が。みず帆の低く凛とした声が、真嶋の声と重なって、溶けていく。

——とくに落語というのは、高座が終われば跡形もなく消えてしまうものでございます。まさしく、水に流れていく楓のように。ぜひみなさま、短い一席ではございますが、よくよく耳を澄ましてお付き合いくださいーー……。

風が吹き、ガタガタと窓を揺らす。真嶋は湯呑みを口にふくんで、窓の向こうの夜空を見上げた。星はなかった。

「消えてしまうなら、残さなきゃならないと、思った」

真嶋はただひとこと、つぶやいた。それが全てなのだと思った。

額縁に視線を落とす。これはきっと、一番はじめに帆宝をとらえた写真なんだろう。袖で、ずっしりと重たく冷たい機械をかまえた真嶋の緊張が、客に向かって第一声を発しようとしている帆宝の姿から、伝わってくる。

べらぼうめ。みず帆の横顔を見たとき、撮らなければならないと思った。あのとき、みず帆の声が火を打つ石のようにはじけ、繭生のなかには火種が芽生えた。真嶋のなかにも同じような火がある。目の前の写真家は、それを二十年、絶やさなかった。

——覚悟が決まるまでは、高座は、撮らせない。

その言葉が、今になって重たくのしかかる。真嶋ほどの諦めのわるさが自分にあるとはとても思えない。自分はまだ、楽屋にあがるどころか、その決心すら本当にはできていない。

藺生は額縁をそっと窓際に戻した。「ありがとうございます」とお礼を言って、消毒薬をティッシュに染み込ませて傷口をぬぐい、ベージュの薄い布を慎重に貼る。血はほとんど止まっていた。

「もう遅いから、帰りなさい」

真嶋はいつものせりふを言った。藺生は、さっと立ち上がった。

「長居してすみません。絆創膏、ありがとうございました」

逃げるようにドアを開ける。視界の隅で、芥子色のマフラーが、部屋の奥のコートかけに揺れていた。ドアを閉じかけて、藺生はいつものように、また来ます、と声を絞り出した。薄っぺらい一言だった。それでも、今無言で立ち去ってしまったら、自分と真嶋をつなぐものを諦めることになると思った。

同じだけの覚悟はきっとまだない。それでもこうやってなにかを繫《つな》ぎ止めようとする自分は、ずるいんだろう。

頭を下げて、事務所のドアを閉じた。階段を駆け降りて、四年前のあの日のように、川沿いの道を小走りに駆けていく。

7

いつもより一時間早くアパートを出て、職場へ向かった。翌日撮影がある日は、残業を回避するため早めに出勤するのが習慣になっている。空気は冷たかったがきんと澄んで、歩いているうちに眠気が体の外へと飛んでいく。明日はいよいよ、みず帆の挙式だ。

出勤すると、中西がデスクで青白い顔をしていた。まだ誰も来ていないと思っていたので、びっくりしつつ「おはようございます」と声をかける。

中西は無言でうなずき、「ほんとに悪いんだけど」と掠れた声で言った。「コーヒーいれてくれないかな」

「はい、もちろん」

昨夜、藺生が退勤する頃、なにやらバタバタと電話が鳴っていたのは分かっていた。トラブルがあったのだろう。この様子だと、昨夜は事務所に泊まったように見える。藺生は給湯室でインスタントコーヒーを二ついれて、自分の分にはミルクをいれた。混ざり切らないマーブル模様がなんだか自分のように思える。真嶋の元に通いながらも、自分は真嶋のような写真家になれるはずがないとどこかで思っている。

「なにかお手伝いすることありますか」

ブラックコーヒーを差し出すと、中西はどこかもうろうとした様子でため息をついた。

「いや、ほとんど終わったから大丈夫」

「レタッチですか？」

「うん、レフ板がさあ、写り込んでたんだよ、ほとんど全部の写真に。トリミングで隠せるとこはやったけど、ドレスの裾とかに被《かぶ》っちゃってるのもあって、そこはぜんぶ修正した。百枚以上」

藺生は目を丸くした。

「納品後に指摘がきたってことですか」

中西はどこかばつが悪そうな顔をした。「納品データ選んだの、俺じゃなくて小峯だよ。もうさあ、ほんとうに勘弁してほしい。ほかの仕事もあんのに」

「一緒に作業できなかったんですか」

「昨日、あいつ休みだっただろ。先方も挙式近くて、アルバム入稿する期限が迫ってたから俺がやるしかなかった」

自分でやる方が早いしな、と中西は深いため息をついてコーヒーをすすった。大変でしたね、おつかれさまです、と声をかけて会話を終わらせることもできたのに、藺生はつい別の言葉を口にしていた。

「どの程度の写り込みだったんですか？」

中西は気だるそうに画面を操作して、加工前の写真を一覧表示した。ぱっと見は、晴れやかな新郎新婦の表情に目がいくが、よく見るとウェディングドレスの腰あたりに小さな黒い塊が写っていたり、別のカットではタキシードの裾にレフ板が重なっている。

「細かいとこまで目がいかないんだよな。出す前に確認しろって言ってもあきらかにしてない。それって例の、どうしようもないもんなのか、それとも本人が全く努力しないのか、俺は疑問だよ」

もやっとしたものが胸に込み上げた。たしかに写り込みに気づかなかったのは小峯に非がある。けれど納品された写真に、目をつぶったりブレていたりと、被写体がわるく写っているものはない。そもそも中西は、小峯が選んだデータを確認せずに先方に送ったってことだろうか。撮影のときに写り込みに気がつかなかったのだろうか。でもそれは徹夜明けの中西にわざわざ言うことじゃないと分かっている。もう中西はやるべきことを終えている。

それでも小峯をかばわなければならないような気がした。

「私、こないだのアリアンナホテルの納品データ、小峯くんに選んでもらったんですけど」

「あ、そうなんだ。そっちもやばかったの？」

「いえ、逆です。私が選んだのじゃなくて、小峯くんが選んだ写真がけっきょくプリントされて。だから、写真を見る力みたいなのはあるのかなって」

花嫁の辻は、最終的に、右を向いた写真をウェルカムボードとプログラムに採用していた。

「そんなのたまたまだろ」

中西は疲れたように口元をゆがませた。

「ていうか、いい写真を選定するのって俺たちにとっては当たり前の仕事だろ。そこだけ特別視してなんになるの」

一晩溜め込んだ薄暗いものを吐き出すかのように、中西は喋った。

「それ以外にも仕事はたくさんあって、小峯は結局できてない。サポートって名目で残業すんのは俺たちだ。宮本も大変だったんだろ、水嶺苑の前撮り」

ぱき、と繭生の指の中で紙コップがよれた。

「佐々木さんもよく小峯に任せようと思えるよな。露出の調整、ぜんぶ宮本がやったんだって？　シャッターだけ切りたい、それ以外のこと全部やってくださいって、俺にはただのわがままにしか思えない。だったら全部オートでいい。カメラマンになるなよって思う」

繭生は震えそうになる指にぎゅっと力を込めて口を開いた。

「もとは、私のミスで担当を替わってもらったんです。べつに小峯くんはわがままを言ったわけじゃないです」

「それだって、お父さんの介護で忙しかったんだろ」

「……え？」

「佐々木さんが言ってたよ、お父さん、目え悪いんだって？　大変だよな。そんなときに小峯みたいなの任されて、トラブルなしで撮影終わらせて、ほんと立派だよ。佐々木さんもそう言ってた」

もうすこしで、コーヒーをこぼしてしまうところだった。

「私はぜんぜん立派じゃないです」

繭生は力なく一歩あとずさった。「ていうかむしろ父のこと避けてたぐらいなんで。ミスは私ひとりの問題ですよ」

中西との間にはなにかとても重大なずれがあって、ずれた部分が地震のように繭生の内側を震わせていた。

「小峯くんは、いい写真、撮ってましたよ」

撮りたいものが見えていなかった繭生より、ずっと。中西は黒い液体をすすり、クマで濁った目で繭生を見た。

「宮本ってさ、小峯の肩持つね。付き合ってんの？」

それまでちっとも聞こえなかったエアコンの音が、とつぜん鮮明になった。

なに言ってるんですか、と笑って中西との会話を中断するのはかんたんだった。早く自分の席に戻って仕事がしたかった。でも、繭生は、動けない。ごおー、とあたたかい空気を室内に吐き出す音がする。べらぼうめ。なぜか脳裏にみず帆の声がよみがえった。

自分が男だったらこんなことは言われなかったんだろう。みず帆も。男だったら、誰にも席を立たれずに落語を聞いてもらえたんだろう。

みず帆は落語を、繭生はただ、後輩がいい写真を撮っていたというそれだけの気持ちを、どうして伝えられないんだろう。

そのときだった。おはようございます、と気だるげな声がした。隣の中西が顔をあげ、とつぜん、はじかれたように立ち上がった。

「え、なにそれ、どうしたの」

顔をあげる気力はごっそり抜け落ちていたが、中西の声があまりに衝撃を受けたようすだったので、繭生もゆっくりと声の方を向いた。

デスクスペースに入ってきた小峯の頭は、カラスの羽のように真っ黒だった。小峯は居心地悪そうに、ほんのすこし照れを感じさせる動作で短くなったえりあしをかいた。

「いやべつに明日撮影なんで」

「は？　なんの」

「水嶺苑っす。宮本さんと」

その瞬間、中西のなかでなにかが切れたのが分かった。

「撮影は明日だけじゃないだろうが」

中西の鋭い声がオフィスに反響する。「色気付いて髪染める前に仕事に集中してくれよ頼むから」

小峯は眉根を寄せた。

「色気付いてってなんすか」

「俺とか佐々木さんが何度言っても染めなかっただろ。宮本に言われれば聞くのかって言ってんだ」

「は？　べつに宮本さんに言われたわけじゃないっすよ。あと、誰にも染めろとは言われたことないです。染めた方がいいかもね、とかなんとか」

「屁理屈《へりくつ》言う前にちゃんと仕事してくれよ。君が選んだ納品データにレフ板写り込んでんだよ、こっちは徹夜で修正だよ」

はっと小峯が息を呑んだ。顔を伏せ、ひとつ舌打ちをすると、「すいません」とぼそぼそ言った。

「作業残ってたらやります」

「もう終わってんだよ」中西が怒鳴った。「君がやるより自分でやった方がずっと早いんだよ。だいたいそれが謝る態度か？　共有する前にダブルチェック、それは何度も言ってるよな？　発達障害だかなんだか知らないけど、それ言い訳にして甘えていいって思ってんじゃねえぞ」

ぶるりと体が震えた。右手のコーヒーがこぼれて、ばしゃん、と中西の足元ではじける。ほとんど同時に小峯が中西の胸ぐらに手を伸ばした。

「今、なんつった」

止めなければいけないと分かっていても、体はまったく動かない。スローモーションのように、中西が床に倒れ、小峯が馬乗りになって、ガラガラとデスクチェアが転がり、書類が舞うのを、藺生はただ見ていた。

「おい、なにやってんだ！」

佐々木の怒声が事務所に響き渡った。二人の動きがぴたりと止まる。肩で息をしながら、小峯は、しまった、という顔で中西を見下ろしていた。床に転がった中西は、左肘を打ったのか、苦痛に顔をゆがめている。

「なにがあった」

朝の事務所に、佐々木の声が落ちる。ごおお、というエアコンの音が、しばらく響き続けた。やがて、中西が左腕を押さえてゆっくりと立ち上がった。小峯には目もくれずに横を素通りし、「佐々木さんちょっといいですか」と廊下へ出て行く。佐々木は困惑した顔で小峯と藺生を振り返り、「あとで話聞くからそのつもりで」と言うと中西に続いて廊下へ消えて行った。チッ、と大きな舌打ちをして、小峯が佐々木のオフィスとは逆方向、駐車場の方へとずかずか歩いていく。

少し迷ったが、藺生はその背中を追いかけた。外に出ると、高度を上げた太陽が白く眩《まぶ》しかった。小峯の姿は見当たらず、戸惑いながらきょろきょろしていたら、たばこの匂いがした。ワゴン車の裏にまわると、小峯がそこでしゃがみこんでいた。

声をかけようとは思わなかった。藺生は、肩幅ふたつ分ぐらいの間をあけて、隣にしゃがんだ。しばらく無言で、小峯が吐き出す紫煙が朝の空気に溶けていくのを眺めていた。電線の小鳥がチイチイ鳴いて、羽ばたいていく。

やがて、小峯がぼそりと、「クビっすかね」とつぶやいた。

「どうだろう」

藺生は静かに息を吐き出した。

「佐々木さんも中西さんも私も全員悪いと思う」

「コーヒー先にぶっかけたの、宮本さんっすもんね」

「わざとじゃないから。まあ、かかってもいいやとは思ったけど」

床も拭《ふ》いていないし、書類も椅子もそのままだ。つぎに出勤したひとは事務所の惨状を見てびっくりするだろうが、片付けに戻る気はまったくおきない。

「中西さんも疲れてやばかったんだろうけど、佐々木さんまで口が軽いとは思わなかったな」

「なんのことすか」

「私の父親のこと話したみたい」

「そうなんすか？　俺は聞いてないっすけど」

だろうな、と思う。中西は、私を持ち上げて、小峯を下げるような話し方をしていた。本人の前では言えまい。

「うちの父、目がほとんど見えないんだ。まあ別に言いふらされても困らないけど」

ああいう噂のされ方は胸くそ悪いというだけで。

小峯は「ああ、落語好きの」とうなずいただけで、それ以上はなにも言わなかった。ふと、ちりとてちんを食べていた姿を思い出し、頭の隅にしまっていたメモがぷかっと浮かんできた。聞くなら今なんだろうな、と思った。

「小峯くんって、なんでうちでウェディング撮りたかったの」

チュンチュンチュンと鳥の鳴き声がのどかに響く。小峯はふーっと長い煙を吐き出して、

「菊の打掛の写真」とつぶやいた。

「ん？」

「あれ、俺の母です。高坂って、花嫁」

繭生はかたまった。おどろくひまもなく、小峯が言葉を続ける。

「小五ん時に離婚して、俺は父親と住んでたんで、再婚したことはハガキで知りました。式はあげずに、写真だけ撮ったみたいです。そのハガキの写真がまあ、別人みたいで、まじでおど

ろきました」

もくもくと煙をくゆらせ、小峯は喋る。「俺、めちゃくちゃ母親のこと嫌いだったんです。なんでそんなことも出来ないのって何回はたかれたり怒鳴られたか分かんない。それも、愛のある躾《しつけ》とかそういうんじゃなくて、本気で俺のことを迷惑がって疎ましく思ってる系。あんたはハッタツだからって何度もなじられて、俺、その言葉聞くと、かーってどす黒い気持ちでいっぱいになるんすよ。事実だったとしても」

ずきりと胸が痛んだ。シャッター切る前に、あたりまえのことが出来ない人には任せられない。繭生も、同じような台詞を、小峯に言った。

「でも、あのひとが着物着て、どっかの知らない男と並んでる写真、見たことないくらい幸せそうだった。嫌味とかじゃなくて、ほんとうに、ふたりの間の空気とかが、ちゃんと真剣だって分かった。性格どんだけ悪くても、幸せな瞬間って来るんだなって。それが一枚の写真で分かるって、すげえ救いだと思ったんすよ」

染めたばかりの黒髪は、日に透けると赤みを帯びて光った。前髪の隙間からのぞく目も、うっすらと茶色い。

「俺、ばかであほで、まじで仕事できないしこれまでも三ヶ月以上続いたバイトないっすけど、そういう人間でも生きてたらいつかそういう時って来んのかなって」

「え、誰かと結婚したいって意味？」

「ちがいますよ」

小峯は太陽の方を見つめて目をすがめた。

「俺みたいな誰かが、その瞬間幸せだったんだって思えるような写真、死ぬまでに撮ってみてー、って思ったんすよ。それって、俺にとっては、結婚写真以外なかったんすよ」

そして、小さく口元をゆがめた。

「とかいって行動するまでに二年以上かかりましたけど」

「……私は四年かかったよ」

繭生は言った。

「それも自分で動いたわけじゃなくて、もしみず帆さんが現れなかったら今も逃げ続けてたと思う。小峯くんはすごいよ」

ばさっと羽の音がして、別の小鳥が電線にとまった。青い空を横切る黒い線が、ちいさく上下に揺れる。

「だから、高坂さんの話したとき、小峯くんは怒ってたんだね」

「そうっすね」

二本目のたばこに火をつけて、小峯はあっさり認めた。

「そもそも撮ったのが宮本さんだって知らなかったっすから。ハガキにはスタジオの名前しか書いてなかったんで」

「がっかりした？」

「正直言って、かなり。早く撮影終わらせたかったとか、まじでいらついた。つーかショックでした」

一本目の吸い殻をスニーカーの底でざりざりこすって、小峯は言う。

「いい写真撮れんのに、それをいい写真だって自分で思おうとしてない。だから主張しようとしない。宮本さんのそういうとこにまじでずっと腹立ってました。あの写真を気に入った母親も、写真見て感動してた俺も、ぜんぶ踏みにじられてるような気になった」

「……ごめん」

小峯は足を動かすのをやめて、ふっと自嘲《じちょう》するように片頬をあげた。

「まあ、俺が言えたことじゃないっすけど」

「え?」

「俺、スタジオ来るたびに、早くやめてーなって思うんで」

アスファルトを見つめて小峯は言った。

「やめたいひと分かるって前、言ったじゃないすか。それ、自分がそうだからなんで。だって、200と208と165ぱっと見でどれが一番大きいか、俺分かんないんすよ。頭んなかで声に出して、やっと208か、って思う。じゃあ八枚減らさないといけない。でも写真の一覧見てるうちに、火がついた爆弾みたいなかんじになるんすよ。はやくはやく、はやく誰かに見せたいってなんか熱いものにせきたてられて、枚数とか見直しとかそういうの全部飛ばしていいやって思う。どうせ誰かがやるだろって。数字見るたびにそんなかんじで、面倒で確認さぼって、それで失敗して注意されて、自分のせいだけどむかついてなんかなにもかも嫌になる」

小峯が小さく息を吐きだす。

「俺はカメラマンなんか、そりゃなれないんだろうなって、ずっと、思ってんすよ」

空には、白い雲が薄く伸びている。混ざりかけのミルクのように輪郭がぼんやりとして、今にも消えてしまいそうだった。胸焼けみたいにへんな感じがした。

「今さら?」

自分で思ったより、鋭い声が出た。

「そりゃ小峯くんひとりじゃ、撮影も納品もできないよ。でも、できないことがいっぱいあるのは、小峯くんが写真やめなきゃいけない理由にはなんないよ」

小峯の目がわずかに揺れた。その瞬間、胸のなかのもやもやはぎゅんっと温度をあげて、勢いよく口から飛び出した。

「正社員になりたいんじゃなかったの。えらそうなこといっぱい言ってきて、いつまでも無愛想で態度悪くて、それでも写真に口出しする時はなぜか小峯くんが正しくて、それなのにやめてーってなんなの。今まで小峯くんのフォローしてきた時間、ぜんぶ無駄だったみたいじゃん」

言葉を投げつけながら、分かっていた。やめたいと思うことと、撮りたいものがあることは、小峯のなかで全然ちがう場所に存在していて、その比重は天秤《てんびん》みたいに揺れ動いているんだろう。でも、急にそれを明かされても困る。勝手に、裏切られたみたいな気持ちになる。

「ああもう、中西さんにコーヒーかけてばかみたい。小峯くんにかけてやればよかったまじで」

小峯のたばこから、ぽろ、と灰が落ちた。小峯の母親も、中西も、こんな気持ちだったのかもしれない。自分より弱い立場にいるひとを正論で傷つけて優位に立ちたくて、それは坂道を転がる石みたいに止まらない。でも、この石の転がる先は、違うと信じたかった。

「小峯くんは、写真、撮れるじゃん」

繭生は拳に力を込めて、自分の膝を叩いた。

「誰かに助けてもらえさえすれば、撮れるんだよ。誰にどんだけ嫌われようが面倒くさがられようが、その火、消さないでよ。誰にも消させちゃだめだよ。撮りたいって思うかぎりは踏ん張って、守ってよ」

そしたらいつか、撮りたい写真、撮れるよ。

それは途中から、小峯に向けた言葉じゃなかった。自分を奮い立たせるための、自分に向けた言葉だった。罪悪感だけで、撮りたい気持ちを消さないでほしい。繭生にそう言った父も、こんな気持ちだったのかもしれない。撮りたいものがあるって、いいことだよ。繭生を形づくる、芯みたいなものだよ。

小峯は、憎たらしいような、傷ついたような、叱られた子供みたいな目で、じっと繭生を見つめていた。瞳の奥の光は、消えてはいなかった。

その時、ばたばたと足音が近づいてきて、振り返ると、佐々木が厳しい顔つきで立っていた。

「中西、今、病院に行かせたよ」

病院、という言葉に、ぴりっと緊張が走る。

「左肘を打撲してる。小峯ももう帰れ。明日からしばらく来なくていい」

藺生はとっさに立ち上がった。

「小峯くんは手を出してません。摑みかかる前に、中西さんは私がこぼしたコーヒーで滑って転んだんです」

佐々木は深くため息をついた。「クビだっていってるわけじゃない。納品データのことも、あきらかに中西の確認不足だと思う。でも二人が、病院に行かなきゃいけないレベルのトラブルを起こしたことは事実で、そこはけじめをつけなきゃいけない」

真っ直ぐに小峯を見つめ、佐々木は言った。

「中西が仕事に復帰するまでは小峯にも仕事はさせない。正直、俺も、ほかのメンバーも、小峯はなにができてなにができなくて、どういうサポートが必要なのか、ちゃんと分かってなかった。そこをはっきりさせないまま仕事をさせたのは、悪かった」

それから、と佐々木は藺生を気まずそうに見た。

「家庭の事情を話したことも、悪かった。こういうことは二度とないようにする」

眼鏡の奥の瞳は真剣で、でもそれがほんとうに実行されるかは分からない。形だけかもしれなくても、受け取らなくてはいけないんだろう、と思わせるくらいには、それは誠実な謝罪に思えた。間違ってしまうことは誰だってある、と、いつかの大智の声が脳裏によみがえる。藺生も何度も間違えている。はい、と藺生は細い声でうなずいた。

小峯は吸い殻を拾ってゆらりと立ち上がり、佐々木に向き直った。長身の影は、佐々木をのみこむくらい大きく見えた。

「摑みかかろうとしたのはすいません。中西さんにも謝ります。でも、明日の撮影は、行きたいです」

佐々木はひとつ息をのみ、ゆっくりと首を横に振った。

「だめだ」

「給料いりません。行かせてください」

「小峯、撮影は明日だけじゃない」

きっぱりと佐々木は言った。「この先もうちで仕事を続けてもらいたいから、小峯を優遇したとも、中西を優遇したとも、思われちゃいけないんだ。明日の撮影は来るな。これは決定事項だ」

小峯はぐっと唇をかんだ。葉の落ち始めた低木がざわざわ揺れる。言葉ではないなにかが、ぐるぐると小峯の内側を駆け回っているのが分かった。やがて、小峯は掠れた声でつぶやいた。

「でも、誰が代わりに行くんすか」

「俺が行く」佐々木は言った。「でも、メインの撮影は宮本にやってもらう。先方との関係性も、俺よりはあると思うから。宮本も、それでいいか」

佐々木の言い分は理解できるし、筋が通っている。それでも、藺生は、ぎこちなく首を横に振った。

「私は、小峯くんにやってもらいたいです。最後まで」

佐々木を困らせるだけだと分かっていて、なにかを喋るのははじめてだった。

「佐々木さんだって、小峯くんの前撮りの写真を評価したから、式も任せようとしてたんじゃないんですか。それを、今さら取り上げるのは、どうなんですか。髪だってちゃんと黒くしてきたじゃないですか。先に言葉の暴力を振るったのは中西さんなのに、小峯くんの機会を奪うのはおかしくないですか」

藺生はなにかに突き動かされるようにまくしたてた。小峯がいっそクビになってしまえばいいと思うのと同じぐらい、小峯のなかにある火が、このことでもし消されてしまったらと思うと、おそろしかった。

佐々木は眉根を寄せ、「でもな宮本」と言いかけたが、すぐに小峯によって遮られた。

「分かりました」

はっとして、小峯を見る。その横顔は、投げやりでも、諦めても、いなかった。

「明日は二人に任せます。中西さんの病院ってどこっすか？　それより、復帰待ってから謝った方がいいすか」

一瞬、ぽかんとした。佐々木は、「あ、ああ」とえりあしをかき、「今はそっとしておこう。復帰の日が決まったら伝えるよ」とうなずいた。小峯は「っす」と了承の返事をすると、藺生をまっすぐ見下ろした。

「ちゃんと、俺ぐらい良い写真撮ってください」

戻ってきたらチェックするんで。そう告げた小峯は、冗談なのか本気なのかもはや分からないほど真面目な顔をしていた。自分のなかで張り詰めていたものがふっとほどけ、繭生は思わず、よろけそうになる。なにを、えらそうに。

「分かった」

繭生は真っ直ぐ、小峯に返事をした。そして佐々木に向き直り、変更のこと、園田さんに伝えてみます、と言った。

「たすかる。よろしく」

佐々木は後ろめたさをぬぐうように、小峯と繭生に向かって笑顔をつくる。「さあ、仕事に戻ろう。小峯は帰宅な」

ぴい、と別の鳥が伸びやかに鳴く。佐々木の背中が事務所に消えていくと、小峯はふうとため息をついて、空をあおいだ。見慣れないはずの黒髪は、なぜかこの数十分ですっかり板について見えた。

「なにさまなの」

繭生がつぶやいたら、

「おかげさま」

っすかね、と小峯は片頬をあげた。

「俺、やめないんで」

そう言って、小峯は駐車場からそのまま外に出て行った。感謝されてるんだろうか。いや、そんなわけがないか。

小峯の背中を照らす秋の太陽はまばゆくて、藺生はすこしだけ目を細めた。もしポラリスに戻ってこなくても、写真をどこかで続けてくれるなら、それでよかった。やめないんで、という小峯の言葉は、真実が持つかがやきを含んでいた。

ばさっ、と、鳥が羽ばたく音を背に、藺生は事務所へ戻った。


園田に電話をかけて事情を伝えると、「なにかが起きるとは思ってたのよ」とあきれかえった声で言われた。

「でもまあ、佐々木さんなら安心ね」

「はい、でもあの、メインのカメラマンは、私がつとめることになりました」

「そう」園田は不安げにつぶやいた。「まあそれがいいとは思うけど、オーケーでるかな。とりあえずおふたりに聞いてみるわ」

「もしお電話番号を教えていただけたら、直接私からお話ししますが」

「個人情報だからそれは無理だわね。あたしからお話ししときます。もしだめだったらすぐ折り返すから」

園田はそう言って電話を切った。園田からの返事をどぎまぎと待つ間、佐々木に式についての情報を共有した。進行、カメラマンの動線、最後に新婦の祖父は撮影NGだということを伝えた。

「へえ、落語家さんだったんだ」

佐々木はなにかが腑《ふ》に落ちたように両手をぽんと叩いた。「柄に厳しかったのも納得だな」

自分とみず帆との関係について話をするか、すこし迷った。けれど、過去の失敗について黙っているのも後ろめたくて、藺生はけっきょく四年前のことを打ち明けた。寄席で写真家の手伝いをしていたこと、勝手にみず帆の写真を撮ったこと、逃げるように就活をはじめたこと。話しているうちに、ポラリスを受けたことがどんどん不誠実なことのように思えて、申し訳なくなった。しかし佐々木は「え、それ、なんで面接で言わなかったの」と目を丸くした。

「そんなおもしろい経歴だったら即採用したのに。知ってる？　宮本、補欠合格的な感じだったんだよ」

「あ、そうなんですか」

「うん、内定出した子に断られて、次点で宮本」

言われてみれば、最終面接から三日以上音沙汰《おとさた》がなく、不思議には思っていた。

「でも宮本、面接ではめちゃくちゃやる気あるように見えたけどね。今までだって、ふつうに優秀に仕事してくれてたし。なんかこう、殻に閉じこもってる感じはしたけど、そういう性格なんだろうなって」

佐々木は頭の後ろで腕を組んで、首をかしげた。

「宮本はさ、なにをそんな申し訳なさそうにしてるの？」

繭生はもごもごと答えた。「私は、小峯くんみたいに、ウェディングが一番撮りたかったわけじゃないので。面接ではそういうふうに取り繕ってましたけど」

佐々木はあきれたように笑った。

「みんながみんな、一番やりたいことで食べてるわけじゃないだろ。俺だって山岳写真撮って生活したいって週に一回は思うし、他のメンバーだって似たような気持ちがあるかもしれない。とにかく、それはぜんぜん申し訳なく思うことじゃない。でも」

眼鏡越しに、瞳が一瞬、寂しそうに光った。

「この仕事をする時間を、無駄なものだと思わないでほしい。どっちもおなじ、写真だからさ。宮本が本当に撮りたいものを撮るためのハードルだと思って、全力で助走つけて、飛んでほしい」

部屋の埃が照明に舞い、きらきらと光るのが、やけにはっきりと見えた。藺生があごを引くと同時に、電話が鳴った。園田だった。失礼します、と席を立ち、藺生は廊下で電話をとった。

「オーケー出たわよ、菅井様から。でも、ひとつ宮本さんに伝えてほしいって」

「はい」

園田は小さく咳払《せきばら》いをして、言った。

「『こっちは一生に一度の写真なんだから、命かけて撮らないと、神田川《かんだがわ》に突き落とす』」

8

水嶺苑に向かう途中で、雨が降り出した。ぽつぽつとフロントガラスを叩く雨は、小粒で勢いはないものの、だらだらと続きそうだ。降っちゃったなあ、と助手席の佐々木が呟き、繭生も、そうですね、と返す。昨夜の時点で、降水確率は五十パーセントだった。

「でも私、雨の水嶺苑、けっこう好きです」

神前式を行う神殿までは、行き方が二通りある。ひとつめは、控室のある棟から外に出て、庭園を抜けていくルート。ふたつめは、屋根のある外廊下をつかうルート。雨の場合はだいたい後者に変更されるが、あえて和傘を持って歩きたいという夫婦もたまにいる。繭生は一度、雨合羽《あまがっぱ》を着て、機材をビニールで守りながら、雨のなかをゆく花嫁行列を撮影したことがあった。

音量をひとつ下げたような、しとしととした空気のなかをまっすぐに進む角隠しの白、傘に跳ねる雨粒のきらめき、行列を取り囲む木々、すべてが青みがかって美しかったことをよく覚えている。

佐々木は小さく肩をすくめた。

「新郎新婦もそうだといいけどね」

繭生も祈りをこめてうなずく。これは経験則だが、雨の日は、衣装が汚れるのを気にして余計に神経質になったり、ゲストがドタキャンしたり、そもそも晴れを望んでいた場合は不機嫌になったりして、トラブルが発生する確率があがる。

でもきっと、あのふたりは天気よりも、人の過ちのほうを気にするだろう。ふたりというか、みず帆だが。気を引き締めなくては、と繭生はハンドルをぎゅっと握り直した。

水嶺苑の通用口にワゴンを止め、機材をおろす。繭生も佐々木も、望遠と広角の二種類のカメラを肩にかけ、バッテリー類の入った機材バッグはサブの佐々木が持ち運ぶという分担だ。

スタッフルームでは、園田のほかに数名のアテンドやヘアメイクが待機していた。スタッフが全員集まったのを確認して、園田はミーティングを開始した。裏方が全員で集まるのは、この瞬間が最初で最後だった。

「本日は、菅井家、尾崎家の結婚式を執り行います。九時に新郎新婦をお出迎えして美容室でメイクスタート、十時半からゲストの受付、十一時頃に両家のお顔合わせ、十一時半に、控室から神殿へ移動を開始します」

そこで言葉を区切り、園田は窓の外を見る。「雨なので、おそらく移動ルートは外廊下になると思います。九時にご希望を聞き次第、共有します」

タブレットに視線を戻し、園田はその先の進行を読み上げた。

「挙式が終わり次第、菅井様は白無垢から色打掛にお色直しをされます。披露宴は宴会場『穂《ほ》高《だか》』で、十三時からスタート。披露宴のタイムスケジュールについては、すでに共有してある通りです」

園田は披露宴の会場担当者にすっと視線を投げた。

「披露宴の終盤ですが、菅井様の落語の前に、高座を窓側の親族席の前に移動するのをくれぐれも忘れないようにお願いします」

はい、と担当者が返事をし、スタッフ同士もうなずきあう。園田はタブレットを脇に抱えると、にっこりと笑った。本番モードの、百パーセントの営業スマイルは、ものすごく力強くて頼もしい。

「では、素晴らしい一日となるよう、それぞれ全力を尽くしましょう」

掛け声と同時に、それぞれが持ち場に散っていく。繭生は佐々木とともに、新郎新婦の出迎えへと向かった。どきどきと脈打つ自分の心音に隠れて、雨の音はもう聞こえなかった。

挙式は、前撮りよりもずっと緊張する。ロケーションやポーズや照明をその都度決められる前撮りとはまったくちがい、式はぜんぶがアドリブで、巻き戻しがきかない。新郎新婦の笑顔も両親の涙も、その一瞬を撮り逃したら、もう二度と戻ってはこないのだ。

繭生はずっと、客に怒られないようにびくびくしながら、会場全体に目をくばり、ハイライトとなる写真を取りこぼさないように撮ってきた。正直、命をかけて撮る、というのがどういうことなのか、それが自分にできるのかどうかも分からない。でも、持てる力のぜんぶでシャッターを切る心構えではある。

それぞれ全力を尽くしましょう。園田の声がこだまして、いい言葉だな、と思う。小峯の分も、とにかく全力で撮る。この時期に神田川に突き落とされては寒くて死んでしまうし。

藺生はぶあつい絨毯の上を、大股《おおまた》で進んでいく。

予想は外れた。みず帆はこの天気への不満をいっぱいにあらわにして、ホテルのエントランスに現れた。本日はおめでとうございます、というスタッフの合唱に笑みひとつ浮かべることなく、ボーイに水を持ってこさせると、途中の薬局で買ったという痛み止めをその場で流し込んだ。

「あら、気圧ですか？　おつらいですよね、気温もぐんと下がりましたし。ブランケットなどお持ちしましょうか」

園田が眉尻を下げて話しかけると、仏頂面で「お願いします」とみず帆はうなずいた。ぞろぞろと美容室に移動するあいだに、園田は行列のルートについてみず帆に尋ねた。庭園か外廊下の二択だ。みず帆は不愉快そうな顔で園田を見た。

「庭園のルートっていうのは、傘を差していくってことですか？」

「ええ。ちょうど紅葉も、前撮りのときより深まっていますから、眺めもうつくしいかと」

「雨ですよ」

みず帆はじろりと園田を睨んだ。

「衣装が汚れたらどうするんですか。屋根のあるルート以外ありえません。それも外廊下ですよね？　ぜったいに床が濡れていることのないようにお願いします。老人がいっぱい来るので」

なんでこんなことをわざわざ言わなくちゃいけないんだと言いたげなきつい口調だった。みず帆の全身から、触れたらばちんと音を立てそうな、ぴりぴりした空気が立ちのぼっている。園田は一瞬あっけに取られたように目を丸くし、すぐに口元に笑みをたたえて「大変失礼いたしました。では屋根のある外廊下のルートで、承りました」と内容を復唱した。

内心、雨のなかでみず帆を撮影できると思っていたので、残念だった。美容室の入り口に着くと、繭生は佐々木とともに新郎新婦に向かって頭を下げた。

「この度は、急な変更を認めていただき、ありがとうございます」

フォトスタジオ『ポラリス』の代表の、佐々木と申します、と名刺を差し出すと、みず帆は受け取ろうともせずにじっと佐々木を睨みつけた。

「どうなってるんですか？　あのプリン頭の人はどこに行ったんですか。前日の変更って、ふつうありえないでしょう」

佐々木が深く頭を下げる。

「申し訳ありません。小峯は、一身上の都合で、撮影に参加できなくなりまして」

「変更はこれで二回目ですよ。三回目があったら全額返金でもしてくれますか」

「みず帆」大智がやんわりと遮った。

「今日はずっとその調子でいくつもり？　特別な日なんだから、いい気持ちで過ごそうよ」

「なんでそんなにのん気にしていられるの」

みず帆の拳がぎゅっとかたくなる。

「一日しかないんだよ。失敗はゆるされないんだよ。この人たちのせいで台無しになったらどうするの」

「じゃあ自分は完璧なの？」

大智の声に、あきれたような響きが混ざった。

「きみだって『大工調べ』をやっただろ」

はっと、みず帆が目を見開いた。『大工調べ』。それが意味するところを尋ねる前に、大智は佐々木に向き直って名刺を両手で受け取ると「今日はよろしくお願いします」と頭を下げた。

薊生もあわてて腰を折る。

メイクスタッフがふたりを連れて美容室へと消えて行き、カメラマンは挙式まで待機になった。スタッフルームに戻る途中、佐々木がのんびりつぶやいた。

「ずいぶん緊張されてるみたいだね」

花嫁の方、と前を見たまま言う。「前撮りの時からずっとあんな感じだった？」

「いえ」薊生は首を横に振った。

「厳しい方ではあるんですけど、あそこまで攻撃的ではなかったです」

「ずっと晴れの日の式を想像していたのかもね。完璧主義なら、無理もないね」

薊生はまだ、みず帆の剣幕に心臓がどきどきしていたが、佐々木は平然としている。これまで何組もの夫婦を見てきたからこその余裕だろう。

完璧主義。たしかに、みず帆の性格をあらわすのにそれ以上の言葉はないかもしれない。みず帆の高座は、どこか張り詰めた特別な空気がある。それは今日のようなぴりぴりとしたものじゃなく、飼い慣らされた緊張を、飛躍のためにみずからまとっているようなかんじだ。でも、あの、『大工調べ』の日——あの高座は、なにかがちがった。

べらぼうめッ、と客に向かって叫んだ瞬間から、最後の一言まで、みず帆はなにもまとってはいなかった。みず帆の心の核から、なんのフィルターも通さずに絞り出されたような、激しく、ぎらぎらとした落語だった。

大智は、あの高座が、みず帆の完璧に傷をつけたとでもいうのだろうか。

スタッフルームで、最初で最後になるであろう休憩をとり、インカムの指示を受けて繭生は立ち上がった。佐々木と共に控室へと向かう。いよいよ、式が始まる。

雨の降る窓の前で、真っ白い衣装をまとって佇むみず帆は、息をのむほどうつくしかった。ぴりぴりとした緊張感までも、触れることをゆるされない美術品のような神々《こうごう》しさをかもしだしている。

一枚目のシャッターを切るとき、指が震えた。自分はこれから、このひとを切り取るのか、と恐ろしくなる。毎秒毎秒が完璧な美しさで、シャッターを切っていない時間はすべて取りこぼされていく。背筋を冷や汗がつたった。一瞬たりとも気を抜けない、台無しにしてはならない。みず帆はただそこに佇んでいるだけで、スタッフ全員にそう思わせた。

親族を引き連れてすすむ新郎新婦を、後ろ歩きしながらファインダーにおさめていく。神殿で式がはじまると、だんだんと、奇妙な感じがしてきた。かしゃん、と自分のシャッター音が聞こえるたび、みず帆が頭を伏せる角度、盃《さかずき》にふれるくちびる、玉串《たまぐし》を扱う指先、まつげの一本一本の広がりまで、なにもかもが完璧で、神職の祝詞《のりと》がまるで自分を操る呪文《じゅもん》のように聞こえてくる。

シャッターを切っているのは、藺生ではなく、みず帆なのではないかと思うほど、その姿は完成されていた。参列者の、きれい、ほんとうに、とつぶやく声があちこちから聞こえた。

儀式の最後の一拝が終わっても、みず帆の緊張感はほどけないどころか、むしろどんどんと強まっていくように思えた。退場していく新郎新婦を追うために、神殿の正面から出口へ、いそいで移動する。その途中で、「おい」と声がした。音量自体は小さいのに、自分に向けられていることが分かる、深い声だった。

振り向くと、黒い紋付を着た老人が藺生を睨みつけていた。どきんと心臓が跳ねる。

「バシャバシャバシャバシャ、うるさいよ。あんだけ撮るんだったらあんたなんかいらねえ、動画でも回しとけ。その方がずっと静かだ」

その鼻には酸素吸入の管がつけられていたが、そんなものないかのように、老人——楓家帆宝は、まくしたてた。

「その音があんまりにもうるさいから、みず帆だって意識して緊張しちまうんだ。あんな、一瞬の隙もないような花嫁、ちっともかわいくねえどころか見てて窮屈で仕方がない」

周囲の視線が、ざわざわとこちらに集中しているのが分かった。帆宝の声は磨き抜かれてよく通る。出口付近にいるみず帆も、こちらを振り向いていた。つい数日前に会ったことを認識しているのかいないのか、帆宝は薊生に向かってぴしゃりと言葉を投げつけた。

「その写真機はなんのためにあんだ。シャッター切る瞬間を選ぶためだろ。選びもせずに撮りまくってなんの意味がある」

これだから下手なカメラ屋はきれえなんだ、と帆宝が言い捨てる。

「真嶋は一枚だって、フィルムを無駄にしたことはなかったぞ」

白髪頭の老人はずかずかと出口へ歩いて行った。その後ろを、みず帆の家族と思《おぼ》しき人々があわてて追いかける。行列は動きを再開し、どんどん薊生から遠ざかっていく。

「宮本、急げ」

最後尾にいた佐々木の声がして、はっと我に返って行列を追いかけた。二機のカメラを抱えて、ストラップに締め付けられながら走る。新郎新婦の姿を捉《とら》える頃には、なぜだか、呪文が解けたように体が軽くなっていた。

シャッターを切る瞬間は、私が、選んでいい。

それは、みず帆が一瞬一瞬完璧な姿を演じていても、どこかを切り捨てなければならない、ということと同じだった。そして、切り捨てた分だけ、選ばれた一瞬はいいものでなくてはいけない。そのことはぞっとするほどのプレッシャーであり、どうしてか、胸を熱くした。

真嶋さんはそうやって演芸写真を撮ってきた。シャッターを切ればフィルムに焼き付いてしまう、連写も削除もできない時代からずっと。

外廊下の脇で、神殿を背景に親族の集合写真を撮った。帆宝はとうぜんのように参加せず、さきに宴会場へ行ってしまった。だれかが、こんなときぐらい参加してもいいのにねえ、と囁《ささや》く声が聞こえた。写りたくないから写らない、あの頑固さをこじあけるのには二十年かかることを藺生は知っている。

三脚にカメラを設置して、雛壇で整列する親族に声をかけ、全員の顔が見えるように調整する。

「では、視線、こちらのレンズに向けていただけますか。撮りまーす。さん、にい、いち」

かしゃん、とシャッターが落ちる。親族に囲まれて、中央でほほえむみず帆と大智のあいだには、見えない壁があるように思えた。

今日の、最高の写真があるとするなら、それはふたりの本当の笑顔なのではないか。今日は、完璧な花嫁姿を撮るためだけの日じゃない。ふたりが祝福をうける姿を撮る日なのだから。

藺生は顔をあげ、もう一度声を張り上げた。

「もう三枚ほど撮ります。皆さんとびきりの笑顔でおねがいします。さん、にい、いち――」

そのために、自分になにができるのか。道が見えずとも、勇気を出して踏み出さなければならない、と思った。

新郎新婦が控室へと戻っていくのを見届けて、繭生と佐々木は披露宴会場に移動した。ここからは、佐々木が三脚をつけたカメラで定点写真を撮り、繭生が宴会場を動き回ってゲストや夫婦の表情をおさめていく。ゲストの視界を遮らないよう、うさぎ歩き、かえる歩きをしながらの撮影は、翌日の筋肉痛が確定している。

三脚のセットアップを終えてから、「入場撮ってきます」と佐々木に声をかけ、繭生は宴会場を出た。控室から披露宴会場に入る瞬間の後ろ姿や横顔を追うためだ。廊下で待機していると、大智が先に、ひとりでおりてきた。

「あ、どうもどうも」

会釈をしあうと、大智は困ったようにえりあしをかいた。

「みず帆、もう少しかかるかもしれないです。髪飾りの位置が気に入らないみたいで、何度もやり直してて」

「そうですか、かしこまりました」

「多分、出番が近づいてるから、緊張してるんでしょうね。今日は師匠方もいっぱい来てるから」

ふう、と大智はため息をついた。

「でも、スタッフのみなさんの方がプレッシャーですよね、あんな不機嫌な花嫁じゃ。なんか、申し訳ないです」

「いえ、そんな」

「自分にも他人にも、厳しすぎるんですよね。でもそう思うのは、僕が演芸に詳しくないからなんですかね。あれってふつうですか？　どう思います」

突然話を振られて面食らいながらも、藺生はおずおず口を開いた。

「たしかに、厳しい世界だと思います。でも、その厳しさは、演芸の外にいるひとにはあんまり向けられないような気がします」

部外者は反省する必要はない、と帆宝が言ったように。「演芸は、外向きには、ひたすらおかしくて、めでたいものでないといけないので」

大智は一瞬ぽかんとして、なるほど、と真顔でうなずいた。

「じゃあみず帆のしていることはルール違反ですね。自分が緊張しているからって、他人まで怖がらせてどうするんだろう。僕だけなら良いんですけどね」

前にもこういうことがあったんですよ、と、大智は黒い紋付をすこしゆらして、うすく笑った。

「その時は、内側にいる人間だと思ってもらえてたのかなあ」

寂しそうな横顔だった。藺生はカメラをにぎりしめて、大智を見た。

「もしよければ、そのお話、聞かせていただけませんか」

ふたりのあいだの壁を、どうにか壊すための手がかりを、藺生はどうしても得たかった。大智は藺生を見て、胸のうちにつかえているものを吐き出すように、言った。

「みず帆は、破門になりかけたんですよ。四年前」

その瞬間、宴会場から聞こえてくるがやがやとした声が、一気に遠のいた。

「——え?」

「やっちゃいけない落語をかけたんです。『大工調べ』。まだ稽古中で、師匠から許可がおりてなかったそうなんですけど、勢いで口から飛び出して、止まらなかったって。僕たち、高校の頃から付き合ってたんですけど、夕方とつぜん家に来て、どうしようどうしようって泣き喚《わめ》いてました」

みず帆は、短い髪の毛をかきむしって、取り返しのつかないことをした自分への憤りを、思いきり大智にぶつけたという。

「でも、泣いて喚いてる時点で、みず帆の意思は決まってたんですよね。ただ、どうしようもない恐怖とか葛藤《かっとう》とかを、誰かに吐き出したかっただけ。めんどくさくて真っ直ぐで、でも他人には絶対に取り乱してるところなんか見せないから、僕はちょっと、うれしかった。その日の夜に、みず帆はおじいさんのお家に謝罪に行きました」

その晩は、もうやめちまえ、って追い出されたそうです、と大智は言った。

「それからみず帆は、毎朝おじいさんの家に通って、追い返されて僕の家に来て泣いて、朝になるとまたおじいさんのところに通った。血のつながった家族なのに、なんでそんなに厳しいんだろうって、僕は本当に不思議でした。でも、あの一生懸命さを見るために、演芸ってあるのかもしれないなって思った」

詳しくない僕が言うのもへんですけどね、と小さく笑い、すぐに真顔に戻ると、大智は両手をきゅっと握り合わせた。

「僕は今日、みず帆に、窓際じゃなくて、ちゃんとステージで高座をつとめてもらいたいと思っています」

静かに、大智は言った。

「家族じゃなくて、お客さんの前で落語をやってもらいたい。だってみず帆は、そのために稽古してきたんですから。でも、何度言ってもみず帆は聞き入れてくれない。それは僕が部外者だからですかね。このままずっと、この隔たりはなくならないんですかね」

その時、ザーッとインカムが音を立て、菅井様の準備が完了しました、入場の準備をお願いします、と園田の声が流れた。振り返ると、鮮やかな朱色の打掛を着たみず帆が、スタッフに付き添われて廊下を歩いてくる。

紅葉がいっぱいに広がった打掛は、落ち着いた色彩の館内で、燃えるように際立っていた。

みず帆は姿勢よく扉の前に立つと、周囲のスタッフに厳しく念を押した。

「出番の十五分前には席を外します。その時に高座を移動させてください」

かしこまりました、とスタッフがうなずき、では入場いたします、とインカムで予告を入れる。大智は、あきらめたように、小さく顔を伏せていた。会場で流れていた音楽が小さくなり、司会者が「それでは、新たな装いとなりました、新郎新婦のご入場です」と告げる声がした。

両開きの扉が、開く。

なにか、みず帆に声をかけなければならない気がした。けれど言葉を手繰り寄せることも、進行を中断する度胸もないまま、披露宴は始まってしまった。

雨ではあったが、広い窓からはやわらかな自然光が降り注いでいた。乾杯の音頭も、余興も、さすが本職なだけあって、なにもかもがスムーズに、にぎやかに、めでたくすすんだ。時おり高砂席に座るみず帆と大智にカメラを向けると、満面の笑みを浮かべ、ステージに拍手を送っていた。けれどやはり、ふたりの笑顔は、前撮りのときとは何かが違う。作られた、表面だけの偽物に見えた。

余興の二人目は、講談師の杉田《すぎた》炎花《えんか》だった。みず帆と同世代の彼女は、高座に設置された釈台を前に、お祝いの言葉を述べると、講談の口調で大智とみず帆の出会いをおもしろおかしく語った。高校の時に席が隣同士で、というありきたりな出会いから、大智が『まんじゅうこわい』をなんらかの怪談噺だと勘違いしていて、みず帆が『まんじゅうこわい』を実演したこと、大爆笑した大智に、落語家になった方がいいよー、とかるく言われて、大学を中退して弟子入りしたこと。

「――というわけで、今みず帆さんが落語をやられているのは、大智さんのおかげでもあるわけです」

張り扇をパンッと叩き、炎花が釈台の向こうではつらつと笑う。

「ずいぶんあっさりしたもんに聞こえますが、一歩を踏み出すきっかけは、他人にとってはほんのちょっとのことに思えるのかもしれません」

照明を受けて光る横顔に向けて、繭生はシャッターを切った。一段暗いテーブルからそそがれる客のあたたかな視線も、いっしょに画面におさまる。ステージはすべからく誰かに見られるために作られていて、写真の写りも、やっぱり良い。

「みず帆さん、これからは、大智さんのためにもいっそう芸に磨きをかけてくださいね。って、あたしがえらそうに言えたことじゃあないんですが」

くすくすと笑いが溢れるなか、炎花は話をしめくくり、高砂席に向かって頭を下げた。

「みず帆さん、大智さん、どうぞ末長くお幸せに。本日は本当に、おめでとうございます」

拍手に包まれて、炎花がステージをおりていく。そのなかには、『大工調べ』のエピソードはなかった。ちらりと高砂席に視線を向けると、大智がやわらかい笑みを浮かべて、みず帆になにかを話しかけていた。

みず帆の視線が、ひととき、揺れた。しかしすぐに険しい顔に戻って、親族席に視線をやり、なにかを告げると、みず帆はさっと立ち上がった。ステージで落語をかけなよ、と最後のつもりで願った大智を、みず帆が拒絶したように見えた。ひとり、高砂席に残された大智は、悔しそうな、物悲しそうな顔をしていた。

これからみず帆の出番まで、出し物はない。撮るべきものがあれば佐々木がフォローしてくれるだろう。繭生はとっさに、みず帆の後ろ姿を追いかけた。

廊下に出ると、真っ赤な打掛を着たみず帆が、壁を向いてたたずんでいた。わずかに丸くなった背中が、まるで重たい荷を背負っているように見えた。

「みず帆さん」

はっとみず帆が振り向く。繭生と目が合うと、ばつが悪いのを隠すようにすばやく背筋を伸ばした。

「なに。またカメラマンの変更？」

「ち……ちがいます」

「じゃあなに」

厳しい視線に怯みそうになる心の手綱をぎゅうっと握って、口を開く。

「みず帆さん、ほんとうに、窓際で落語をかけるつもりですか」

みず帆の瞳が、はっきりと不快そうにゆがむ。

「なんであんたまでその話をするの。芸人でもなんでもない、素人のくせに」

「でも、みず帆さんが高座で落語をかける姿は、見ています」

絨毯に両足で踏ん張って、繭生は言った。芸人と、そうでないひと。大智が感じた隔たりは、埋まることなどないのかもしれない。でも、橋をかける努力は、しなくてはいけない。

「今日はふたりのお祝いの式です。大智さんにもみず帆さんにも、いい一日だったって思ってもらいたいです。どうしてそこまで、親族席にこだわるんですか。みず帆さんが今日、そんなに緊張している理由って、なんですか」

みず帆は桃色に塗られた唇を噛み、あんたには分からない、と繭生をにらんだ。

「女性でも真打になれるんですか、って聞かれたの」

顔合わせで、大智の両親に。そう告げた一重瞼には、怒りといっしょに、傷ついたような表情が浮かんでいた。

「大智の家族は、大智も含めて、落語にはあかるくない。大智はわたしの仕事について詳しく話してないんだろうし、それはべつにいい。わたしだって大智の仕事のことを知らないし。向こうに悪気は一切ないって、分かってる。お義父《とう》さんやお義母《かあ》さんの生きている世界のほうが、ふつうなんだってことも」

みず帆は関節が白く浮き出るほどに拳をかためて、言った。

「でもわたしは、ああまたか、って思った。大智の家族でもそうなんだ、って、大きな隕石《いんせき》が降ってきたみたいだった」

さあぁ、と、雨の音がとつぜん、強くなった。拳を両脇にぶらさげて、みず帆は言葉を続ける。

「落語家で、女性の真打は十七人いる。その存在は、寄席の外ではまったくといっていいほど知られていない。女性の落語家がいることすら知らないひともいる。わたしはそれが、悔しくてたまらない。世界が、あたりまえに、そういうふうに出来てしまってることが」

みず帆の立つ場所は暗い。繭生が光を背にしているから、その表情はほとんど見えない。でも、わずかな光源を反射して、一重の瞳がときおり、ぎらっと光る。

「『大工調べ』も、教えてもらうまでに、何年もかかった。あれは女のやる噺じゃないって何度も言われた。そもそも落語は、女がやるために作られていない。でもわたしたちはここにいる。落語が好きだから、落語をやるために、ここにいる。それが、ふつうであってほしいって、願ってる」

草履の底を、どん、と絨毯に叩きつける。

「わたしはそれを大智の家族に伝えなきゃいけない。だから、目の前で突きつけてやらなきゃいけないの。いっちばんおもしろい、わたしの落語を」

一重瞼の、剝《む》き出しの輝きが目に入ったそのときだった。

——べらぼうめッ！

破裂した音の塊が、耳の奥で鮮明に蘇った。

その瞬間、交わることのない川の流れが、大きな岩によって分かれ、うねり、ほんのひととき交差したような気持ちになった。あの日、抗《あらが》えないものに突き動かされて、みず帆は『大工調べ』を演じ、繭生は写真を撮った。

逃げるな、と繭生に言い放ったみず帆は、自分自身にも、同じことを言い聞かせていたのではないか。

なにかを怖がっているのは、みず帆も同じなのではないか。

片耳にインカムの声が入った。高座、移動します。

藺生の脳裏に、宴会場の窓際が浮かぶ。逆光の、狭いスペース。あそこに高座を置くということは、高砂席は、いちばん、遠くなる。大智から。まばゆい照明から、いちばん。

「この、まるたんぼう」

絞り出した声は、自分の声じゃないみたいに、震えていた。みず帆が、何を聞いたのか理解できないという顔で、藺生を見た。

「……今、なんて言ったの」

「丸太ん棒って、言ったんです」

なにを言ってるんだろう。お客様に向かって、自分は。カメラを持つ両指が震える。けれど、抗えないものに、藺生は突き動かされていた。

「みず帆さんの高座は逆光の窓際じゃない。ステージです。大智さんの横です。いや、ほんとは、大智さんのことは、どうでもいいです」

藺生は声を張り上げた。みず帆のように、帆宝のようには通らなくても、あの時の啖呵のように、心を剝き出しにして、叫んだ。

「命をかけて撮れって言いましたよね。たしかに私は落語の素人ですけど、写真は、プロのつもりです。あんな写りの悪い高座は、プロとして、ゆるせません」

一歩、みず帆に向かって、踏み出す。

「みず帆さんの声が親族席まで届かないわけないじゃないですか。いっちばんおもしろい落語をやるんだったら、なおさら、お客さん全員に向かってやってください。そうやって、芸で、私たちのこと、救ってください」

みず帆の荷を代わりに背負うことはできない。隔たりをなくすこともできない。でも、ひとつだけ、できることがある。

全身から汗が吹き出ていた。湿った手のひらでカメラを力いっぱい握りしめて、繭生は言った。

「その姿を、私は、撮りたいんです」

みず帆の鼻筋が、廊下の照明を浴びて白く光った。それはやっぱり、繭生に、高座のあかりを思い起こさせた。胸の中の火種がぱちぱち音を立てて体温をあげて、このまま内側から発火してしまいそうだった。

雨の音が、遠くで聞こえる。

「ばかじゃないの」

みず帆は吐き捨てた。張り詰めていた糸が、ぷちんとどこかで切れたみたいな、先の細い声だった。

「……今さら、元に戻せるの?」

その不安げな声を聞いた瞬間、繭生はもっぱら受信専用になっていたインカムのチャンネルを切り替えて、胸元のピンマイクに向かって声を出した。

「カメラマンの宮本です。高座を元の位置に戻していただけますか。ステージの上に」

客から姿が見えなくなるなんてこと、このひとが考えなかったはずがない。完璧主義だから。一度言ったことは、もう、曲げられないから。ぜんぶがほんとうだから、みず帆は、動けなくなっていたのかもしれない。

ザーッ、と大きなノイズが入り、「どういうこと」と園田の声がした。

「今、菅井様とお話ししました。菅井様は窓際じゃなく、ステージで落語をやります。高座をステージに戻してください」

「宮本さん、今、どこ？　菅井様に確認に行きます」

そのとき、ぐい、と肩をひっぱられた。みず帆の冷たい指先が繭生の手をかすめ、マイクのピンを外した。

「聞こえますか。菅井です。宮本さんの言う通りにしてください。急に変更して、ごめんなさい。わたしはステージで落語をやりたいです。お願いします」

イヤホンの向こうが、静寂に包まれた。数秒後、園田はマイクをぼぼぼと吹かせてため息をつき、「かしこまりました」と答えた。

「高座を元の位置に戻してください。照明スタッフも、菅井様の出番はさきほどと同じ照明に切り替えてください」

マイクを返すみず帆の指先は、わずかに震えていた。ジャケットの襟にマイクを戻そうとしたが、繭生の指先も震えて、ピンを引っかけるのにしばらく手こずった。どちらからともなく、くっ、と肩を震わせ、声を押し殺して笑いあった。

「丸太ん棒って、ひどい暴言」目元をぬぐって、みず帆が言う。

「それはすいません」

「大智のことも、どうでもいいとか言わなかった?」

すんと真顔に戻り、繭生はぎこちなくうなずく。

「だって、みず帆さんの一生懸命さを知ってるのに、なんでそれをご両親に伝えてないんですか。『気にすることない』で済ませられることじゃない。その荷はふたりで分けられるはずなのに、みず帆さんだけが背負ってるじゃないですか」

みず帆は、そうかもね、と呟いて、視線をゆっくりと宴会場の扉に向けた。

「でも、高座に立ったらみんなひとりでしょう。芸の責任は自分にあって、誰も助けてくれない。それはわたしが引き受けた荷で、誰かと分けるものじゃないんだよ」

まっすぐな横顔だった。ふたりの間にも、繭生との間にも、橋をかけることのできない隔たりがある。ひとりひとつの一本道は、けしてつながることはない。それでも、時に、交差する。

ふたりが夫婦になるように。

「『大工調べ』の話、大智さんから聞きました」

ぎょっとしたように、みず帆がこちらを見た。

「同じ荷を背負えなくても、どうやって抱えたらいいか、そもそもその荷はみず帆さんが背負うべきものなのか、そういうことは、きっと話せます。大智さんは大智さんで、そういうことを共有してもらえないから、拗《す》ねているのかもしれません」

みず帆は押し黙り、やがて、ふん、と鼻で笑った。

「えらそうに」

「はい。すいません」

そして、拗ねた子どものように、つぶやいた。

「……ちゃんと、話してみるよ」

それまで張り詰めていたものがほどけたような声だった。

交差した道に、繭生もひとり、立っている。その景色に向かって、シャッターを切る責任を引き受けて。

廊下の先から、アテンドのスタッフが駆け寄ってくるのが見えた。

「みず帆さん」

「うん」

「高座がおわったら、大智さんとのツーショット、撮らせてくださいね」

みず帆はつんと前を向き、無言で、けれどたしかにうなずいた。

「みず帆さん、落語、なにをかけるんですか」

「『大工調べ』」

「ほんとに？」

「うそ。『高砂《たかさご》や』」

繭生はゆっくりとまばたきをして、胸のなかに熱い興奮が込み上げてくるのを感じた。撮れるのだ。あの広いステージで、照明を浴びたみず帆の高座を。アテンドのスタッフが、インカムを手に問いかける。

「菅井様、ご準備はよろしいでしょうか」

みず帆はこくりとうなずいて、繭生を見ると、言った。

「ありがとう」

笑顔はみじんもない、それなのに、その声はなにも隔てずに繭生の元に届いた。繭生はぐっと顎を引き、一重瞼を見つめ返した。

「写真を見てから、言ってください」

みず帆は口角をくっとあげ、うなずいた。

菅井様、ご入場されます——両開きの扉が、スタッフによって開かれる。拍手とともに、光のなかへ、みず帆が歩み出ていく。ひんやりとしたカメラを手に、繭生は、その後ろに続く。忍者みたいに、ひっそりと、気配を消して。


ステージには、きちんと、高座が用意されていた。みず帆は凜と背筋を伸ばして高座にあがると、慣れた手つきで裾をさばいて、座布団のうえに正座をした。

「本日は、わたくしどもの式にお越しくださり、心から御礼もうしあげます」

色打掛のまま、みず帆は丁寧に頭を下げた。

「わたくし自身が高座にあがるというのもおかしな話ではございますが、これまでわたくしを育ててくださった寄席の師匠がた、祖父である師匠、そして家族に向けて、感謝の意味を込めて一席お付き合いいたしたく――なんて深い意味はございません」

照明をあびて、みず帆の瞳はきらきらと輝いた。

「ただ、わたくしがみなさまに気持ちよく笑っていただきたい、それだけでございます。『まんじゅうこわい』を聞いて、大智が笑ったのとおなじくらいの無邪気さで、なんにも考えずに、お付き合いくださいませ」

みず帆を縛り付けていたものは、もう、窓の向こうへ飛んでいった。興奮で震えそうになる腕に力を込めて、繭生は、高砂席の反対側からファインダーをのぞきこむ。すっと、みず帆の表情が、変わる。

「さて、新郎新婦の座る席のことを、『高砂』と呼びますが、これはお能に由来した、めでたい歌の名前でもあります。『高砂や』は、世阿弥《ぜあみ》の時代からつたわる、夫婦愛や長寿をうたう、いうなれば結婚式の定番ソングでございまして――」

助走をつけ、日常との境界を思いきりひっぱるような光が、その瞳の奥にはしった。

「〽高砂や　この浦船に帆を上げて……」

野太い声が会場に轟《とどろ》く。びりびりと鼓膜が震えるような、さっきまでの喋り方とはまるで別人の声。思わず顔をあげてステージを見つめたくなるのをこらえて、繭生はファインダーにしがみつく。

「――うわっ、ちょっと御隠居、なに変な声だしてんすか」

高座には男が座っていた。うつくしい打掛を羽織った花嫁とは、声も喋り方も居住まいも、まるっきり別人だ。

主人公は、結婚式の仲人《なこうど》を頼まれた八《は》っつぁん。はじめてなので仲人の勝手が分からず、御隠居のところへ相談にいく。やさしい御隠居は、晴れ着を貸し、つかってはいけない忌み言葉を教えて、そして最後に『ご祝儀』について話し出す。

「――ご祝儀ィ？　俺ァ金なんかないですよ。

――ちがうよ。ヨウキョクをやるんだよ。

――御隠居、べつに誰も病気なんかしてないですよ。

――ばか、薬局《ヤッキョク》じゃないよ」

くすくすと会場から笑いがこぼれる。

「――謡曲《ヨウキョク》だよ、謡曲。歌のことだよ。仲人はこれをお祝いに披露するんだ」

そして御隠居は、『高砂や』という歌を八っつぁんに伝授する。

「〽高砂や　この浦船に帆を上げて　月もろ共に入汐《いりしお》の
波の淡路《あわじ》の島影や　ちかく鳴尾《なるお》の沖すぎて　はや住《すみ》の江《え》につきにけり――」

地響きのごとく野太い声で、御隠居は歌う。八っつぁんが真似をして一生懸命繰り返すが、まったくもってうまくいかない。額に汗の粒をいっぱいに浮かべて、八っつぁんはなんとしても曲を習得しようと、歌い続ける。

たかあーさごーやあー……。

みず帆の横顔をとらえ、シャッターボタンに指をかけた瞬間、ぴきん、と体がかたまった。

四年前のあの日、自分のシャッターの音が、みず帆の高座にひびを入れた。今日も、タイミングを間違えて、一生でたった一度の大事な高座を、台無しにしてしまうかもしれない。そんなことは、ゆるされない。あの一枚の痛みが、繭生の臆病な気持ちをよみがえらせ、全身を凍りつかせる。

このーうらーぶねにー帆をーあーげて……。

そのあいだにも、みず帆の高座は進んでいて、撮るべき瞬間はどんどん流れて消えていく。撮らなくては。シャッターを切らなくては。指に力を込めれば込めるほど、腕全体が震え出して、視界がぶれる。冷や汗がどっと全身ににじみ、吐き気がする。

撮れない。

血の気が引いた。文句のつけようがない写真を撮らなければならない。だからこそ、失望と怒りに満ちた一重瞼がまた自分に向けられたらと思うと、だめだった。繭生はファインダーから顔をあげた。シャッターを、切れない。こわい。情けない気持ちでいっぱいになりながら、それでも無我夢中で、佐々木に助けを求めようとしたその時だった。

「――こんの、べらぼうめっ」

大きな声が飛んだ。

ぼやけた意識が、一瞬にして高座に引き戻される。みず帆はこちらを向いてはいなかった。

御隠居が、八っつぁんを叱りつけているだけだった。

「——そんな風に歌っちゃあ意味がねえ。ほら、もう一度、お手本を見してやるから、やってごらん。あきらめずに、何回でも、やってごらんったら」

火を打つ石のような、力強い声だった。

その声は四年前とはちがう。怒りではなく、期待と、励ましに満ちていた。

ぱちっ、と胸のなかに火花が散る。その熱さと痛みで、我に返る。

丸太ん棒は、私だ、ばか。

繭生は歯を食いしばり、もう一度、ファインダーを覗き込んだ。こわがってどうする。あの日にとらわれたままで、どうする。私は演芸写真を、今この瞬間をのこすためにカメラを持っているんじゃなかったのか。

みず帆の横顔を見つめて、繭生は待ち構える。腕の震えを必死に抑えて、レンズを光の方へと向ける。汗の粒が、かためられた拳が、くるくる動く口元が、いちばん輝く瞬間を。エネルギーが高まり、発散される、その一瞬を、待つ。

あきらめずに、何回でも、やってごらんったら。


かしゃん。

シャッターの音がした瞬間、御隠居の笑顔がぱっと咲いた。よくできるじゃないか、その調子だよ、八っつぁん。御隠居に励まされるようにして、繭生はまた、シャッターを切る。今度は八っつぁんの照れる顔。やっぱりうまくできずに落ち込む顔。あきれる御隠居の顔。埃っぽい長屋の屋根の隙間から差し込む朝の日差し。ふたりのほのぼのとした空気。

かしゃん。かしゃん。かしゃん。シャッターの音は、いつしか繭生の鼓動と一体になって、音を、光を、そこにないはずの景色を切り取っていく。

体を捨て、繭生はみず帆が描く物語の光の粒のひとつとなって、その内側にいるようだった。

なんて、たのしくって、眩しいのだろう。

シャッターを切るごとに、みず帆の歌は、親族席を通り越し、窓の向こうの真っ赤に色づいた林にまで伸びていく。風が吹けば、楓の葉は池に落ち、どこか遠くへと流されていく。一度目を離せばもう消えてしまう景色。だれかが残さなければ、あとかたもなく消えてしまう芸。

二十年でも、三十年でも、いつまでも、この火は絶えないだろう、と思った。

高座のみず帆の向こうに、繭生ははっきりと、つぎに撮りたい景色を見ていた。色打掛じゃない、水に楓の定紋が抜かれた着物を着たみず帆の姿を。寄席で落語をかける横顔を。笑う客を。長屋、八っつぁん、御隠居、噺のなかだけにしか存在しない景色を。

あとは、その瞬間にシャッターを切るだけ。

高座で頭を下げるみず帆の髪飾りが、きらきらと光っている。その向こうで、大智が泣き出しそうな顔をして、立ち上がって拍手を送っていた。

繭生は、かしゃん、とシャッターを切った。

額から顎に雫が伝い、絨毯に落ちて吸い込まれていく。

9

帆宝師匠の独演会に行こう、と切り出したら、父はデザートの柿を口に入れようとしていた手を止めて「えっ」とおどろきの声をあげた。

「それ、夏くらいにチケットが売り出されたやつだよね？　じつはちょっと気になってたんだよ、ラジオで聞いて」

「え、そうだったの？」

「即日完売だったらしいよ。もう、最後になるかもしれないからって。どうやって手に入れたの？」

繭生は「さっき真嶋さんにもらった」と答えた。

「へえ、ありがたいね」

父はうれしそうに言った。「真嶋さん、体の調子はどう？」

「あ、来週から、また入院だって。付き添いにいく」

みず帆の挙式の翌日は、データの整理に追われてつぶれてしまったが、今日は定時に仕事が終わったので、繭生は真嶋の事務所を訪ねた。

ビルに向かって川沿いの道を歩くあいだ、頭のなかは、真嶋に話したいことでどんどん膨れていった。みず帆の写真を撮ったこと。自分のなかで、なにかが決定的に切り替わったこと。そして、自分が撮った写真を見てほしい、と思ったこと。勢いこんでインターホンを押すと、真嶋は青白い顔でドアを開けた。

藺生の顔を見るなり、来週から入院するから、しばらくここにはいない、と真嶋は告げた。夜の空気は冷たく、耳がきんとした。再発とか転移とかじゃないといいけど、と席亭が言っていたことを思い出す。再入院の意味は、たぶん、そういうことだった。頭の中の興奮は、煙のように消えていった。

「そう」父はしんみりとうなずいた。「じゃあ、豆腐プリン、また買っていかないとね」

「うん」

「でも、よかったよね、通わせてもらえてさ。はやく撮らせてもらえるといいね」

「まだぜんぜん道のりは遠いけどね。行くたびに、みとめない、早く帰りなさいって追い返されるから。もう儀式みたいなかんじ」

父はきょとんと目を丸くした。

「え？　じゃあ藺生は、正式には弟子じゃないの？」

「じゃないね」

「へえ。真嶋さん、それってどういうつもりなんだろう」

父はけげんそうに眉根を寄せた。

「本気でもう来るなとは言わないし、病院にも付き添ってもらうけど、弟子入りは認めないいって、なんだか向こうに都合が良すぎない？」

今度は繭生がぽかんとした。

「お父さん、真嶋さんは悪代官じゃないよ。忍者だよ」

「えっ？」

「私たぶん、一生弟子入りさせてもらえなくても、病院ぐらい、付き添うよ。そうじゃなきゃ真嶋さん、ほんとにひとりで、ドロンって消えちゃいそうなんだよ」

さっきだって、入院のお手伝いします、付き添います、と繭生が当たり前のように言ったら、来ないでいい、とめずらしくつよい口調でドアを閉められそうになったのだ。真嶋は、自分が弱っていることを自覚した、意地っ張りの猫のようだった。真嶋の周囲には、家族の影がない。このあいだ入院したときも、緊急連絡先の欄には〈百廣亭〉の席亭の名前が書かれていた。

「そりゃ、弟子入りさせてくれないかなって下心はあるよ。でも、真嶋さんのところに行くのは、それとは全然関係ない気持ちもあるんだよ」

真嶋だから忍者さんで、忍者さんだから、繭生は真嶋を慕わずにはいられないのだ。

そしてそれは、父にたいする気持ちと、ちょっと似ている。

「私は誰にでも同じことできるほどできた人間じゃないからね」

「わかったわかった」

父は拗ねたように頬を膨らませた。

「でもうちにももうちょい頻繁に帰ってきてくれないかなー、なんて」

「だから帰ってきてるじゃん、こうして」

藺生は真嶋にもらった封筒をテーブルのうえに載せた。帰り際に、まるで付き添いの対価とでもいうように、真嶋から渡されたのだった。お父さんと行ってきたら、と。

封筒をあけると、独演会のチケットが二枚、入っていた。

「今度の日曜だって。五日後」

「僕、生で落語きくの、四年ぶりだ」

「私もだ」

厳密には、おとといみず帆の『高砂や』を聞いたけれど、あれはあくまでお祝いの場なので、落語を聞くための場とはすこしちがう。そういえば、と、藺生は顔をあげた。

「ねえ、お父さん、百廣に行こうとした日、真嶋さんに会ったって言ってたよね」

「ああ、うん」

「あの日、真嶋さんに案内してもらって寄席に行ったらよかったんじゃない？」

父は「ああ」とにんまりした。

「つい話し込んじゃったんだよねえ」

「そうだったの？　え、私の話？」

「ちがうちがう。帆宝師匠の話」

柿をもぐもぐ咀嚼《そしゃく》して、藺生は首をかしげた。

「どういうこと？」

「繭生、そもそもなんでうちに真嶋さんの写真集があったと思う？」

繭生は廊下の本棚を見て、えー、と首をかしげた。もうすりきれるほどめくった真嶋の写真集には、十数名の芸人の高座写真が収められている。そのラインナップを脳内で再生したら、すぐにぴんときた。

「ああ、帆宝師匠が写ってるからか」

「そのとおり」

楓家帆宝は、真嶋以外のカメラマンにはシャッターを切らせない。あの写真集は、帆宝が写っている数少ない出版物なのだ。

「まあ、お父さんは、真嶋さんに比べたらぜんぜんにわかなんだけどね」

「知ってる」

お父さんそもそも、なんで寄席に行くようになったの――高一のとき、繭生は父に尋ねてみた。父は、繭生が中学三年生にあがるころ、友人に連れられてはじめて寄席に行ったらしい。

そこで帆宝師匠の『幾代餅《いくよもち》』を聞いて、父は、だばだば泣いた。人前であんなに泣いたのは久しぶりで、恥ずかしさよりも、それだけ感情を引っ張り出されたおどろきと清々《すがすが》しさのほうが大きかったようだ。父は帆宝師匠の追っかけ的に、繭生が学校にいっているあいだ頻繁に寄席に通い、ついに中学の卒業式の日、繭生を連れていったというわけだ。

「真嶋さんは、十八歳の時――今から三十年ぐらい前に、初めて帆宝師匠の高座を見たそうだよ」

「そうなんだ」

「その話、もうきいてる?」

「たぶん。年齢は知らなかった」

真嶋の手伝いをしていた期間、世代も性別もちがううえ、どちらも口下手なせいで、雑談がはずむことはなかった。真嶋は、沈黙に罪悪感を抱いてか、時おり自分の話をしてくれた。忍者さんのくせに沈黙が気まずいとは、なんだかおかしい。

「『松山鏡《まつやまかがみ》』でしょ」

繭生が言うと、「そうそう!」と父はうなずいた。

「まあそういう話をしてさ、盛り上がったわけだよ。帆宝師匠の『紙入《かみい》れ』の奥さんが、髪の毛の後れ毛一本まで見えるみたいで、おそろしいけどほんとにきれいだとか、『高砂や』もそうだけど、『崇徳院《すとくいん》』も、とにかく歌がうまくてしびれるとか。繭生も分かるよね? そしたらだいぶいい時間になっちゃって、真嶋さんには帰りのホームまで送ってもらったんだ」

なるほど、共通の推しの話で時間が飛ぶように過ぎていったというわけだ。父はほくほくと笑った。

「うれしいなあ、独演会。行けないと思ってたから」

そのとき、お風呂がわきました、と電子音が鳴った。父は上機嫌に立ち上がり、「一番風呂いただきまーす」と脱衣所に消えて行った。「気をつけてね」と一応声をかける。お風呂場で転倒されるのがいちばんこわい。はいはい、と返事をして父が行ってしまうと、繭生は食器棚をぼんやり見つめた。

そこには、赤いサングラスの父と、制服姿の繭生が、のぼりの前でピースサインをしている写真が飾ってある。あの写真を撮った日から、もうすぐ九年が経とうとしている。

そのとき、ふと、みず帆の声が脳裏によみがえった。

——真嶋さんがあなたを捜してた。

あれはいったい、どういう意味だったのだろう。一瞬、後継者を探していたのだろうか、という考えが頭をよぎった。けれどそれならとっくに、別のカメラマンをつかまえて弟子にすえている気がする。今度、それとなく聞いてみなければ、と思った。

繭生は最後の柿を口に放り込むと、食器を流しに置いて部屋のベッドにばたんと倒れた。

みず帆の挙式のデータを、今日の夕方園田に送った。明日にはきっと、返事が来るだろう。気に入ってもらえただろうか。それとも、ぜんぜんだめだろうか。緊張がぞわぞわと全身に込み上げてきて、繭生はまくらを両腕でぎゅーっと抱えた。写真を納品して、フィードバックを待つ。ずっとやり続けてきたことが、まるでちがうプロセスのようだった。自分が全力を尽くしたときっぱり言える写真は、これが初めてだったから。そう自覚すると、これまでの客にたいする罪悪感が込み上げてきて、叫び出したくなる。けれど真嶋や佐々木の言葉を思い出すことで、繭生は自分を保つことができた。これは全力で飛ぶためのハードル。この先の撮影を、全力でやり遂げればいい。

繭生は、終わりの日を、もう決めた。

「私、退職します」

みず帆の挙式のあと、帰りのワゴンのなかで、繭生は佐々木に告げた。佐々木は眉ひとつ動かさなかった。それも慣れと経験なのだろう。これまで何人ものカメラマンが入ってきてはやめ、また新しいカメラマンがやってくる、その循環を佐々木は見てきた。

「そうかあ」

佐々木はのんびりとフロントガラスを見て言った。

「それは、中西とのいざこざが原因だったりする？　もしくは俺が、信用失ったかな」

「いえ、ちがいます。ようやく自分のなかで、決心がついた、っていうかんじです」

佐々木はすこしだけ安堵したように、そう、とつぶやいた。

「いつまでいてくれる？」

「今担当しているお客様の撮影が終わるまで、って言いたいんですが、それだとあと半年はやめられないので、十二月いっぱいということにできますか」

「分かった。引き継ぎだけいろいろよろしくね」

「はい」

佐々木は頬杖をつき、ちらりと繭生を見た。

「宮本、また、演芸写真を撮りたくなったの？」

「はい」

ほんとうは、また、じゃない。ずっと、撮りたかった。その気持ちに蓋をしてきただけだった。赤信号で車が止まると、繭生は静かに佐々木に向き直った。

「もうひとつ、わがままを言ってもいいですか」

「うん、なに?」

繭生はハンドルをにぎり、一拍間を置いて、言った。

「小峯くんを、私の代わりに、正社員にしてもらえませんか」

佐々木がちいさく息をのむのが分かった。信号は青に切り替わり、繭生は前を見てブレーキから足を離す。

「宮本はずいぶん小峯のことを買ってるんだね」

「佐々木さん、言ってたじゃないですか。みんながみんな、一番やりたいことで食べてるわけじゃない、って」

アクセルを踏み込み、繭生は言った。

「でも小峯くんは、ウェディングがやりたいんです。小峯くんの撮りたい景色は、ウェディングなんです。そういうひとが、このスタジオでたくさん写真を撮るべきだと思うんです」

もう、雨は止んでいた。道のあちこちにできた水たまりに、たくさんの光が反射してちらちらと光っている。佐々木は、約束する、と一言、うなずいた。

あのとき繭生は、心の底からほっとした。ぼんやりと思い返しているうちに、眠気がじわじわと身体中に広がっていって、繭生はいつのまにか意識を手放した。

翌日、実家から出社すると、中西が復帰していた。中西からは、あの日のうちに謝罪のメールが送られてきていたが、顔を合わせると「本当に申し訳なかった」と改めて頭を下げられた。藺生も、コーヒーをこぼしてごめんなさいと頭を下げて謝罪した。

「肘、大丈夫ですか」

「べつに折れたわけじゃないから」

中西はあっけらかんと答えて、まだ無人の小峯のデスクを見た。

「小峯にもさ、ひどい言葉使って悪かったって、メール送ったんだ。そしたら『肘やばそうなら荷物とか持ちますよ』って返事来た」

誤字も脱字もなかった、と、中西は神妙な顔で言った。

黒髪の小峯が、じーっと画面を見返している姿を想像したら、誇らしいような、むずがゆいような気持ちになる。小峯はまっすぐに謝罪を受け入れたのだ。この職場で、写真を撮っていくために。

「小峯くんも今日から復帰ですよね」

「うん、そのはず」

「髪、まだ黒いですかね」

ピンクになってたりして？　と小さく笑い、それぞれのデスクに戻った。メールボックスに、園田からの返事はまだない。別件のメールを片付けているうちにあっという間に一時間が経ち、ふとオフィスを見回したが、小峯の姿はまだなかった。

やがて昼休みに入ろうかという頃、佐々木から「宮本、中西」と声がかかった。オフィスに入ると、佐々木はデスクの向こう側で、深刻そうな表情を浮かべていた。なにか、悪い予感がした。

「小峯が、退職したいそうだ」

佐々木が言った。

「本人は、もっと条件のいい仕事が見つかったと言ってた。社員のせいでも、誰のせいでもない、自分のわがままですいません、と」

「それ、いつですか」中西が静かに尋ねた。

「ついさっき電話がきたんだよ」

佐々木は、ため息を押し殺すように言った。

「今日のミーティングで、マニュアルを配るつもりだったんだけどなあ。逆効果だったのかもしれないな」

「マニュアル?」

どきりとして、訊き返す。

「そう。昨日、小峯と話しながら作ったんだよ。小峯にとって、なにがサポートが必要そうで、なにができるか、まとめたリスト。具体化もせず、サポートしてくれってみんなに言っちゃったこと、あまりに適当だったたって反省したんだ」

ああそれ、必要ですね。中西の声を聞いて、背筋がひやりと冷たくなる。藺生は恐る恐る、「見てもいいですか」と尋ねた。佐々木はすこし迷って、「いや、本人が来ないなら破棄するよ」と首を横に振った。その方がいい、と思った。

機材リストのチェック、カット数の確認、機材の取り扱い、いったいいくつの項目を、小峯は『できないこと』として認めなければならなかったんだろう。サポートが必要なことをはっきりさせる、それが仕事として、当然のことなのだとは思う。でもそれは、本人の足枷《あしかせ》に、窮屈さに、つながらないだろうか。でもサポートする側は、言語化されていた方が当然よくて。いったい何が正解なのか、藺生には分からない。ただ、退職を切り出さなければならないくらいには、そのマニュアルは小峯にとって居心地の悪いものだったのかもしれない。

「というわけで、宮本の引き継ぎは、いったん小峯以外のスタッフで回してほしい。小峯にも、もう一回くらい、電話はしてみる」

中西はぽかんとした。「引き継ぎってなんですか？」

「あ、私、年内で退職するんです。午後のミーティングで、お知らせするつもりでした」

「えっ、そうなんだ。それは、おつかれさまでした」

藺生は「ご迷惑おかけします」と深く頭を下げた。中西のスマホに仕事の電話がかかってきて、オフィスに佐々木と二人きりになる。

「正社員の話は、してたんですか」

尋ねると、佐々木は、「うん」とうなずいた。「だから、この先も長く働けるように、マニュアルを作ろうってことになったんだ」

残念ですね、と繭生は言った。ほんとうの気持ちだったのに、なぜだか、表面だけの薄っぺらい言葉のようにコンクリートの室内にぽつんと落ちた。

もし私が、その話をしなければ、こうはならなかっただろうか。

私は、小峯の火種を、消してしまったのだろうか。

「とりあえず午後のミーティングでは、宮本の引き継ぎの話だけしてくれるか」

佐々木の声に、はい、と小さくうなずいて、繭生はオフィスを後にした。暖房のない廊下は冷たく、体が芯から冷えた。やめないんで、と言った小峯の言葉は、あのときは真実でも、今はちがうのかもしれない。誰もその転換を、責められない。

デスクに戻ると、園田から納品データへの返信が来ていた。ご満足いただけたみたいです、この度はお疲れ様でした、と、ただそれだけだった。レタッチの依頼もクレームもない、順調に仕事が終わったという、これまで何度も繰り返してきた連絡だった。

がっかりしている自分に気がついて、繭生は自分を笑いたくなった。

いったいなにを期待していたんだろう。自分の言葉が、写真が、何か特別な意味を持つなんて、一瞬でも信じたことは、傲慢《ごうまん》でしかなかったのだ。

その週の日曜日、ひさしぶりに父と電車に乗った。父の肘の上あたりを持って、半歩先を歩き、段差があれば声をかける。だいぶ前に受けた歩行訓練の記憶を手繰り寄せながら、慎重に移動した。

人通りの多い駅は移動しにくいものかと思ったが、父が白杖を持っていれば、あんがい人の波はぞぞと避《よ》けてくれるもので、海をまっぷたつにする聖人の気持ちになった。接触してくるのはビラ配りだけで、それを避けながら乗り換え改札を抜ける。けれど小さな段差は数多《あまた》あって、藺生が見落としていたところで父がつま先を引っ掛けてつまずきかける、ということが五回はあった。

独演会のホールは地下鉄の駅直結で、ホールへ向かうエレベーターに乗り込んだ時は、ほっとした。

「リハビリ的には、寄席じゃなくてホールでよかったかもね」

藺生が言うと、「たしかにねえ」と父はうなずいた。「靴をぬいであがらないといけない寄席もあるしね。桟敷席とかは、とくにハードル高いね」

でも、と父は笑う。

「誰かが付き添ってくれたら、どこでも行ける気はするけどね」

「うん」

藺生はあいまいに笑った。でももし、その誰かがいなかったとき、ひとりで自由に寄席に行けない世界は、どこか悲しいなあ、と思う。

余裕を持って家を出たはずが、エレベーターを降りると、すでに開場時間を過ぎていた。チケットを片手に、人々がぞろぞろと入り口に吸い込まれていく。父とともに最後尾に並び、列が進むのを待っていると、前方の関係者受付のテーブルに、みず帆の姿が見えた。薄い水色の着物姿だった。

みず帆が来客の対応をし、名簿から顔をあげたとき、一重の目と視線が交差した。藺生の視線に気がついたのではなく、ほんとうの偶然だった。みず帆は、藺生とその横の父を捉えたかと思うと、驚いたように目を丸くし、さっと席を立ってこちらに近づいてきた。

一歩ずつ近づいてくるにつれ、みず帆はどこか放心したような、なにかが腑に落ちたような、そんな顔をしているのが分かった。みず帆は父のそばに立つと、言った。

「ご来場ありがとうございます。別の入り口からご案内します」

父がきょとんと声の方を見た。

「いえいえ、並びますよ」

「真嶋さんのご招待ですから、もぎりに並んでいただく必要はありませんよ。さあ、こちらへどうぞ」

列に並んだ人々の視線が集まるのが、すこし心苦しい気もしたけれど、ここに来るまでに父がつまずいた回数の帳尻をここで合わせているのかもしれないと思った。同伴者である藺生は遠慮しようかとも思ったが、みず帆に父の手をひかせるのもなんだか変で、藺生もいっしょに列をはずれた。

「楓家みず帆さんでしょう?」

歩きながら、父が顔をあげて尋ねる。みず帆は意外そうに、「よく分かりましたね」と答えた。

「ええ、あなたの『壺算《つぼざん》』、ものすごく師匠に似てたから、よく覚えてるんです。とくに、客を極悪人扱いするとこなんか、おかしくて」

みず帆は目を丸くし、見たことのないようなやわらかい瞳で、「恐縮です」とささやいた。

父がふっと立ち止まったので、繭生も合わせて、止まった。

「娘がご迷惑をおかけしてすみませんでした。勝手に撮っちゃったって聞きました」

「いえ、お気になさらないでください。もう昔のことです」

みず帆はほとんどしらじらしいほどの穏やかさで、父に向かって首を振った。

「ご存じですか。娘さんに、わたしの結婚式の写真を撮っていただいたんですよ」

「ああ、娘から聞きました」

父はどぎまぎしたようすで首をかたむけた。「だ、大丈夫でした?」

それは繭生の台詞だ。実際、心臓がばっくばくしている。みず帆はふっと片頬をあげて、ちらりと繭生を見た。

「あれよりいい写真も、もしかしたらあるのかもしれませんね」

挑発的な、帆宝にそっくりの表情だった。

「でも、繭生さんが撮った写真が、わたしの一生に一度の写真です。それ以外を知らなくていいと思うくらいには、満足しています」

父が、笑った。

「そうですか。よかったあ、安心しました」

関係者受付の脇から、ホールに入れてもらった。みず帆を振り返ると、早く行きなさいよ、とでもいうように、しっしと手を振られた。繭生はなんだか泣きたいような気持ちで笑って、うなずく。座席を探すためにもう一度前を向いた。


開演五分前、ホールは満員だった。

高座には座椅子が用意されていて、見台で見えないようになっている。帆宝は足腰が弱っているので、長時間の正座はもう難しい。挙式では酸素の管をつけていたが、今日の高座ではどうだろう。すっと照明が落ち、客席が薄暗くなると、観客の期待に満ちた瞳がステージに集中するのが分かった。そのとき、繭生は目の端に、黒い影を見つけた。

――忍者さんだ。

客席の上手《かみて》の端に、三脚をかまえた真嶋がいる。これが最後の独演会になるかもしれない。真嶋が来るのはとうぜんだった。ぐるりと見回すと、やはり場内のカメラは、真嶋が持っているものがすべてだった。

拍手が鳴り響き、出囃子とともに帆宝が舞台にあらわれる。酸素の管はなく、見台がある以外は、照明を浴びてとても健康そうに見えた。

「本日はいっぱいのお運びで、まことにありがとうございます。即日完売だっていうんでね、おどろいたんですよ。あたしの死に目に会いたいひとがそんなにいらっしゃるのかって」

わはは、と客席に笑いがはじけ、一席目はなめらかにはじまった。『転宅《てんたく》』だ。

はちあわせた泥棒を、手のひらのうえで転がすおかみさんと、くるくる丸めこまれる泥棒の話。帆宝の演じるおかみさんは一枚も二枚も三枚も上手《うわて》で、ひとを騙《だま》すはずの泥棒がだんだんと哀れになってくる。その騙されっぷりがあまりにも気持ちよくもあって、客席からは笑い声がたえなかった。時おり、カシャン、と落ちるシャッターの音がして、藺生も安心しながら笑った。

拍手に包まれて帆宝が退場し、すぐに二席目のために高座へ戻ってきた。二席目が終われば二十分間の仲入りだ。寄席であれば、トリでなければ自分の出番は長くて二十分。帆宝は今日、二時間ものあいだ、ひとりで落語をやる。疲れを感じさせない調子で、二席目もはじまった。細い体のどこにそんなに体力があるのだろうと、すこし恐ろしくなる。

「みなさんご存じかとは思いますが、あたしは写真ってもんがきらいです」

まくらは、そんな風にはじまった。

「目をつぶっちまったり、あくびをする寸前みたいな間抜けな顔が、一生残っちまうんですから、たまったもんじゃない。写真は、自分の気に入らねえとこを否応《いやおう》なく突きつけてくる、そういうもんです」

帆宝は言葉を区切り、客席を見た。

「でもね、鏡がなけりゃ、自分の顔はそもそも分かりません。鏡がないまま、写真だけあったなら、その写真に写ってるのが自分かどうかは分からねえ。たまに、そんな気持ちで写真を見ることがあたしにもあります。なんだ、なかなかいい男じゃねえか、っていい気分になれますから。おすすめですよ」

ふふふ、と会場から笑い声がこぼれた。帆宝が見つめる写真が、誰が撮ったものかは、ファンならみんな知っている。

「――鏡といえば、こんな昔話がございます――……」

二席目は『松山鏡』だった。鏡のない村で育った、正直ものの男が、褒美をつかわされて、はじめて鏡をもらうという話だ。男は自分の顔を知らないので、鏡に写った男が、亡くなった自分の父親だと思い込み、毎朝鏡に向かって挨拶をするようになる。その様子を見た男の妻は、いったいなにをやっているのかと、鏡をのぞきこんで、仰天する。女がいるではないか。浮気をしていると思い込んだ妻と男は喧嘩になり、そこへ仲裁のために尼さんが飛び込んでくる――。

繭生は客席の端にいる真嶋を見た。猫背の後ろ姿は一席目となにも変わることなく、ファインダーをのぞきこんでいる。

真嶋が初めて『松山鏡』を聞いたときの話を、繭生は思い出していた。高校を出て部品の工場に就職した真嶋は、検品と箱詰めを繰り返す日々を送っていた。これらの部品がいったいなんのためのものなのか、真嶋は知らなかった。ある日、同僚に誘われてふらりと寄席に行き、真嶋はこの噺を耳にして、思ったという。

鏡を知ることは、自分の想像をこえた世界を知ることだと。真嶋は工場の部品がなんになるかを、初めて調べた。それが、カメラだった。

カシャン、とシャッターが落ちる。高座のうえで、正直ものの男が、大事そうに鏡を葛籠《つづら》にしまっている。

真嶋は社割でカメラを買うと、撮った。道端の雑草を、青い空を、真っ赤な標識を。帆宝の一席が、真嶋に、世界を切り取ることのよろこびを与えた。真嶋はいつしか、寄席を、帆宝を、撮りたいと思うようになった。

水に楓のまくらを聞いたのは、その頃だったのだろう。真嶋は工場をやめて、〈百廣亭〉の席亭に、芸人の写真を撮らせてほしいと頼んだ。雑誌の物撮りや日雇いの撮影をして日々食い繋ぎながら、真嶋は、〈百廣亭〉の楽屋に通い続けた。

カシャン。

自分の存在を、カメラを、楽屋にゆっくりと馴染《なじ》ませながら、芸人の写真を撮り、出版社や演芸雑誌の編集部に持ち込んでいるうち、真嶋は、演芸写真家を名乗りなよ、と楽屋で口々に言われるまでになった。

カシャン、カシャン、と響くシャッターの音は、よろこびに満ちているように聞こえた。

自分が帆宝の写真を撮っていること。帆宝が自分の写真を見ていること。十八歳の真嶋は、きっと、想像もできなかっただろう。火種に酸素を送りこみつづけたのは、この、ひとりの噺家だった。胸がみるみる熱くなり、藺生は唇を噛み締める。

私も、その場所へ行きたい。高座を撮りたい。駆け出したくなるような気持ちで、思った。

「——おめえさま、じゃあ、あの葛籠ん中になに隠してんだっ」

カシャン。

そのとき、ふと、違和感がよぎった。

シャッターの音が、やけに大きくなったように感じたのだ。鏡を知らない夫婦が、もみくちゃになって喧嘩をして、けれどシャッターの音は、言葉とどんどんずれていく。違和感は、終わりに向かうにつれて、だんだんと大きくなっていった。

興奮しているのだろうか？　けれどそれで手元を狂わせるひとじゃない。

「——中の女、決まりがわるくて坊主になった……」

拍手が響き渡り、二席目が終わると同時に、人々がわらわらと席を立った。お手洗い行ってくる、と藺生も立ち上がり、ちらりと真嶋の方を見ると、もう姿を消していた。もしかしたら、後半は舞台袖で撮影をするのかもしれない。ふわふわとした、根拠のない不安とともに、藺生は休憩時間を過ごした。客席に戻るとき、人混みのなかにふと、見覚えのある横顔を見た気がしたが、勘違いだろう。ここにいるわけがないのだから。

「今日、忍者さん、いたね」

席に戻ると、父は得意げに笑った。

「うん。シャッターの音、聞こえた？」

「うん、すごくよく聞こえた。今まで見えるものにばっかり気を取られすぎてたんだなって思ったよ」

「『松山鏡』、よかったね」

よかった、と父はしみじみうなずいた。

「あと二席かあ」

父が、はやくも名残惜しそうな顔で舞台を見つめる。同時に、客席の照明がふうっと落ちた。どんどんどん、というやわらかな太鼓の音と、出囃子が響いて、帆宝は真っ白い髪をかがやかせて高座にあがった。手をついて礼をするときの、指先のわずかな震えが、ほんの一瞬だけ老いを感じさせた。


違和感は、消えなかった。カシャン、と落ちるシャッターの音が、やけにうるさい。話にのめりこんでしまうと、いつもは聞こえなくなるほどなのに。心なしか、帆宝の視線も、ちらちらと舞台袖を気にしているように思えた。

やがて、シャッターの音が、ほんとうに聞こえなくなった。どっと背中から冷や汗が出た。なにかあったのだ、という確信が、体を貫いて鼓動を速くする。三席目が終わり、拍手が聞こえたとたん、繭生は考えるよりも先に立ち上がった。私、真嶋さんのところに行ってくる。父に耳打ちをすると、父も不安げな顔で、行っておいで、というようにやさしく繭生の腕を叩いた。

藺生は廊下に出て、上手側の楽屋口の前に立つ。このホールには、真嶋の手伝いで何度か来たことがある。この扉の向こうは、すぐ舞台袖につながっているはずだ。ばくばくと心臓がうるさくて、けれど、行かないという選択肢はなかった。関係者以外立ち入り禁止、と書かれた看板を飛び越えて、藺生はドアノブを引いた。

舞台では、最後の一席が始まろうとしていた。奇跡的な偶然か、ちょうどスタッフが反対方向へ歩いていき、藺生は上手袖の暗幕のわきに滑り込んだ。

カメラを持ったまま、銅像のようにかたまって、しゃがみこんだ真嶋の姿がそこにあった。顔をのぞきこむと、血の気が引いて、額や鼻の先にはだらだらと脂汗が光っている。

これは、だめだ、と一目で分かった。

最後の出囃子が鳴っているあいだに、藺生は「休んでください」と呼びかけた。

「救急車、呼びましょう」

真嶋は強い瞳で、首を横に振った。出囃子が鳴り終わり、高座にあがった帆宝が頭を下げる。ぶるぶる震える腕でカメラを持ち上げ、真嶋はファインダーを覗き込んだ。けれどいっこうに、カシャン、という音は、ならない。

「早いものでして、いよいよ最後の一席となったわけですが、まだ目を覚ましていらっしゃる方はどうぞお付き合いくださいさい。今からするのは、江戸時代、日本橋《にほんばし》は馬喰町《ばくろちょう》の米屋で奉公をしていた清蔵《せいぞう》という男の話でございます」

『幾代餅』だ。酒にも博打《ばくち》にも女にも目をくれず、道楽といえば仕事といわんばかりに一生懸命働く清蔵が、ある日花魁に恋をする。

真嶋にはもう、帆宝の声も聞こえていないのかもしれない。真嶋はただひたすら耐えている。ここで倒れてはいけない。高座を台無しにしてはいけない。帆宝の集中を奪ってはいけない。

そして、真嶋がなによりも強く思っていることが、手に取るように分かる。

この瞬間を残さなければいけない。

水に流れていく楓の葉が、脳裏にうかんだ。

——同じだけの覚悟が、あんたにあるのか。

藺生はぱっと引き返し、近くにあった折り畳み椅子を引き寄せると真嶋の腕に触れた。ごくよわい力で触れたのに、まるで紙のように簡単に、真嶋は後ずさり、椅子にぱたりと倒れこんだ。限界だったのだ。それでも音を立てないように力を振り絞っているのが、見ていて苦しかった。

藺生は震える指で、カメラをその手から引き抜いた。体に力が入らないのか、状況を受け入れたのか、真嶋は藺生がカメラを両手で持っても、はげしい拒絶を見せなかった。

どちらでも構わなかった。藺生は高座のあかりに向かって、カメラを構えた。

演者を勝手に撮ってはいけない。

真嶋との約束を、藺生はまた破ろうとしている。怒られるだろう。叱られるだろう。二度とこの場には来られなくなるだろう。寄席に父と通うことも叶《かな》わないかもしれない。つぎつぎ浮かんでくる恐怖は、なぜかその時、繭生をすこしも怯ませなかった。

あきらめずに、何回でも、やってごらんったら。

みず帆の声が、燃え上がる炎が、繭生を突き動かしていた。

私が残さなければ、誰がこのひとの高座を残す？

シャッターボタンに手をかけたそのとき、帆宝と一瞬、目があった気がした。

これが私の覚悟だ。

「――会いてェなら働け」

高座に力強い声が響く。手の届かないひとに恋をしたことに気がつき、恋煩いで臥《ふ》せった清蔵に、店の親方は語りかける。

「――働いた金持ってきたら、俺がお前を、かならず幾代太夫《だゆう》に会わせてやる」

清蔵の瞳に、希望の光が一筋、はしった。

かしゃん。

光をとらえたその瞬間、あの日の『大工調べ』のように、ぷつりと時間が途絶えた――ように錯覚した。実際は、帆宝は台詞を飛ばすことも、音に気が付くようすもなく、喋り続けていた。

繭生は、真嶋を横目で見る。だらだらと脂汗を流し、それでも、繭生を止めようとはしていなかった。

ファインダーをのぞく。

十五歳の春に聞いた、真嶋のシャッターの音を、繭生は思い出していた。落語と溶け合い、いつのまにか聞こえなくなる、魔法の音。

「――たとえ幾代太夫に会えたとしても、初回は一瞬だけと決まってる。お前が働いて貯めた十三両二分は一晩でなくなるが、それでも、構わないというのか」

清蔵は、だれの制止も聞かずに、うなずく。ただ恋をした相手に会うために。

かしゃん。

そのまっすぐな瞳を、思いを、繭生はレンズに切り取る。親方や町内の人々に世話をされて、清蔵は一年稼いだお金を持って吉原《よしわら》へと幾代太夫に会いにいく。一晩をともにした幾代は、

「――ぬし、今度はいつ来てくんなますか」と清蔵に声をかける。

江戸でいちばんの花魁の、こぼれる帯の金糸、煙管《キセル》を持ったうつくしい指先。かしゃん。

清蔵は畳に平《ひ》れ伏して、わらう。

「――また、一年経ったら、うかがいます」

一年働かないと、来られねえんです。着ているもんは、ぜんぶ借り物です。でも太夫、また一年働いたら、会いに来ますから、そしたら昨日のように、またおれと会ってくれますか。

かしゃん。

あの一生懸命さを見るために、演芸ってあるのかもしれない。大智の声がどこからか聞こえてきて、繭生は喉の奥に熱いかたまりが込み上げるのをかんじた。

かしゃん。

幾代の瞳が揺れる。シャッターを切ったその一瞬で、りんごが落ちるように幾代の気持ちが清蔵のもとへ吸い込まれていく。幾代は清蔵のまっすぐな瞳に恋に落ちて、来年の三月、と口にする。

「──年季があけたら、あちきのようなものでも、女房にしてくんなますか」

かしゃん。

なんて陳腐なハッピーエンドだろう、でも、私たちはそれを信じたい。自分に一番都合のいい未来を信じたい。私はまだまだ、撮りたいものがある。真打になったみず帆の高座や、六助師匠の紙切り、ぜんぶぜんぶ、撮りたい。

かしゃん。かしゃん。かしゃん。

祈るような気持ちで、繭生はシャッターを切る。つぎの年の三月、黒木綿の着物を着て、幾代は清蔵を迎えにくる。梅の花が咲きこぼれる店先で、ふたりは手をとりあって、夫婦となる。

「──その後ふたりは餅屋を開き、源氏名をとって『幾代餅』と名付けた商品が江戸中で飛ぶように売れたそうな。江戸の名物『幾代餅』、由来の一席でございました──」

空気を割り、鼓膜をゆさぶるほどの大きな拍手が、会場に鳴り響く。

撮りたいものがあること。

それが私の核だ。

繭生が信じたい未来は、その瞬間を生きて、シャッターを切ることだ。

かしゃん。

客席に向かって、深く頭を下げた帆宝の横顔をおさめる。

その画面は、ぼやけてくもって、照明を受けてちらちら輝いていた。


終演後、すぐに救急車が呼ばれた。運ばれたのは、真嶋だけではなかった。『幾代餅』の直後、繭生と真嶋がいたのとは反対側の袖にはけていき、帆宝は、倒れた。ホールの消防職員が担架をかついであらわれて、帆宝と真嶋はまたたくまにエントランスまで担ぎ出された。みず帆のあとを追って付き添いを申し出たが、「あとは任せて」と止められた。今日は楓家の弟子たちが集っていたし、たしかに、そうするのが一番いいように思えた。

「真嶋さんをお願いします」

繭生は頭を下げた。

「言われなくても。いちおう、連絡先を教えて」

慌ただしく電話番号を交換し、みず帆はせまってくる救急車のサイレンをものともしない声で「ていうか」と声を張り上げた。

「あなたのところのプリン頭のカメラマンが来てた。なにがあったの？」

「はっ？」

「開演直前にエントランスをうろうろしてたの。もうすこしで警備員に通報するところだったけど、見覚えがあったからわたしが声をかけた。落語が聞いてみたいっていうから、たまたま空いてたひと席に通したの。満席の方が気持ちがいいし」

みず帆が早口にまくしたてるうちに、救急車が目の前につき、三人を乗せてあっという間に出発した。まだ観客が出払っていなかったので、ホールのエントランスにはいつのまにか人だかりができている。そうだ、父を置いてきてしまった。慌てて中に戻ろうとしたら、「繭生」とどこからか父の声がした。はっと振り向くと、エントランスロビーの壁側で、父と小峯が並んで立っていた。

「ど……どういう組み合わせ？」

繭生は呆然と言った。

「ご親切に、外まで案内してくださったんだよ。ほんとうにありがとうございます」

父が小峯に向かってのほほんと頭を下げるので、どうにかなりそうだった。

「小峯くん、なんでいんの」

繭生はほとんど怒鳴っていた。怒りではなく、おどろきでいっぱいすぎた。小峯は相変わらず、悪びれることなく答えた。

「駅でビラ配ってたら、宮本さんに似た人、見つけて。白い杖持ってる人といっしょだったんで、お父さんだなって確信して。なんとなくついていかないといけないない気がしたんで、来ました」

「バイト放り出して来たの？」

小峯はうなずいた。「どうせシフトの切れ目だったたんで」

あきれを通り越して、声が出ない。父がぽかんとしていたので、「会社の後輩」とだけ説明した。すると父は「でも、落語、聞けなかったんじゃない？　満席だったでしょ」と小峯を気遣うように首をかしげた。

「いや、偶然案内してもらったんで、滑り込めました。あ、ちゃんとチケット代払いましたよ」

「えー、ラッキーだね。どうだった？」

父はさっきまでの高座の感想をだれかと共有したくてたまらないという様子だった。当の本人が搬送された状況を、まだ把握していないのだ。

小峯は「よく分かんなかったっす」とばっさり言った。

「でも、最後、花魁が男を迎えにくるシーンは、なんかきれいでした」

そして小峯はすっと天井の方に視線をあげた。

「梅の花が咲いてたの、見えました」

あのとき、喉の奥に込み上げてきた熱いものが、またぎゅっとせり上がってきそうになって、藺生は唾をのむ。こんなところで感極まってどうする。落語の感想よりも、聞かねばならないことがあるのに。藺生は一歩、小峯に向かって踏み出した。

「小峯くん、もう、ウェディング撮りたくなくなった？」

小峯はぽかんとして首をかしげた。

「なんでっすか？」

「だって、ポラリス、やめたじゃん」

「聞いてないんすか？　べつのスタジオで社員採用されたんで、そっちいくことにしたんです」

体が、ぴきん、とかたまる。たしかに佐々木は、社員のせいじゃない、とは言っていた。

「待ってよ、私、小峯くんのことちゃんと社員に推薦したんだよ。私、やめるから、ポラリス」

「そうなんすか？　宮本さん行動遅いんで、待ってられなかったんすよ」

「ひ、ひどい」

「ひどいのは宮本さんでしょ。忘れたんすか？　俺、言ったじゃないすか。やめないんでって」

小峯のまっすぐな黒い瞳が、繭生をみおろす。

「ていうか宮本さんが言ったんでしょ。踏ん張って、守れって」

繭生はぐっと唇をかんだ。真っ黒い髪が、えらそうに揺れた。宮本さんも、それ、実行してくださいよ。

なんでこんなに上から目線なんだろう。うなずきたくないのに、うなずいて、言いたくないのに、繭生は言った。

「うん。小峯くんも、がんばってよ」

小峯はふっと笑って、「っす」と言うと、エントランスロビーの向こうへ消えて行った。最後ぐらい、「はい」と明瞭な返事をしてくれてもよかったが、それはそれでへんだな、と思い直す。小峯は小峯のまま、たくさんのものとぶつかって、これからも写真を撮る。そう思うと、なぜか自分が、ぐんとつよい力で背中を押された気分になった。救急車の去ったエントランスから、もう客はほとんど捌《は》けていた。

「ねえ、けっきょく、なにがあったの?」

父が問いかける。繭生は父の腕を取り、帆宝と真嶋が運ばれたことを告げた。高座のうえでは、相当、無理していたのかな。父はぼんやりとつぶやき、繭生を見た。

「『幾代餅』だったね、最後」

「ああ、うん」

「お父さん、また泣いちゃったよ」

「ほんと」

「うん」

父は高い天井を見上げて、小さく笑った。

「繭生の写真、見えたよ。清さんのまっすぐな目も、幾代太夫の着物の柄も、梅の花も」

うれしかったな、と父がつぶやく。

喉につっかえたなにかが、つんと鼻の奥に込み上げて、いよいよ、ぼろぼろと溢《こぼ》れた。張り詰めていたものがゆるんで止まらなくなる。

「どうしよう」

恐怖と不安が、一気に嗚咽《おえつ》になって溢れてきて、繭生は父親の腕に顔をうずめて、小学生みたいに泣いた。

「真嶋さんが戻ってこなかったらどうしよう」

担架に乗せられた真嶋は真っ青で、意識があるのかも判然としなかった。〈百廣亭〉のときは、なにかが深刻にちがう気がした。まだなにも教わってない。弟子ですらない。生きてさえいてくれたら、チャンスはある。それを奪わないで。父の手が、背中をさするごとに、新しい涙がでた。泣いたって、どうにもならないことはあると分かっているのに、自分の体をコントロールすることができなかった。

「大丈夫」

父はのんびりした声で言った。

「きっと大丈夫。繭生は真嶋さんに弟子入りして、演芸写真家になるよ」

ちっとも根拠のない気休めだった。それでもその言葉は、世界でいちばん、繭生が信じたいと思えるハッピーエンドだった。祈りながら、繭生は、えんえん声をあげて泣いた。

10

快晴の朝だった。木々は真っ赤に燃えたち、ところどころ、葉の落ちた部分から細い枝がのぞいていた。繭生は母に借りた喪服を身につけて、電車を乗り継ぎ、斎場行きのバスに乗り込んだ。バスは、喪服を着たひとびとでぎゅうぎゅうで、なかには見知った顔もあった。寄席の芸人たちだ。

告別式は、盛大だった。

受付に辿《たど》り着くまでに、十五分ぐらいは並んだ。このたびはお悔やみ申し上げます、と香典を差し出し、芳名帳に名前を書く。焼香をあげるための列に加わって、これまた十分ほど待つと、ようやく会場のようすが見えた。祭壇の棺《ひつぎ》はまっしろな百合《ゆり》の花にかこまれ、中央には遺影が飾られている。紋付羽織袴で、かるくほほえんでいるその写真はもちろん、真嶋が撮影したものだった。

最後にお葬式に出たのは十年以上前、祖父が亡くなった一度きりで、繭生は、これが同じお葬式だとは信じられなかった。お葬式というより独演会の続きなのではないかと思ったほど、参列者の数も、空間の広さも、けたちがいだ。しかも、涙にくれているひとはおらず、「最後までやりきって、板のうえで倒れるなんて、噺家冥利《みょうり》に尽きただろうなあ」と晴々しく語られ、讃《たた》えられていた。式場全体が、故人へのあたたかな尊敬であふれていた。

焼香を済ませて列をはずれると、ようやく任務完了、というかんじで、ほっと息がつけた。

「真嶋さんは？」

背後で声がして、はっと振り向くと、みず帆が立っていた。受付にいるかと思ったが、今日は案内役として会場をうろうろしているようだ。

「この度は、御愁傷様でした」

「どうも」

ぺこっと頭を下げあって、「今日は真嶋さんとは別々なんです」と繭生は言った。

「たぶん、相当、ショックを受けているんじゃないかと思います」

独演会の日、ふたりは、救急車で同じ病院に運ばれた。真嶋は重度の貧血だったが意識はあり、もとから入院が決まっていた病院にそのまま転院となった。一方で、帆宝の意識は戻らぬまま、三日後に亡くなった。繭生は、みず帆からの電話で、訃報《ふほう》と、告別式の知らせをうけた。すぐに真嶋の病院に電話をかけ、そもそも葬儀に出席できるか、出席するなら付き添わせてほしい、と伝えた。真嶋は、いつにもまして消え入りそうな声で、ひとりで行くからいい、と断った。それは、繭生に「もう来るな」と言う時とはまったく違う、立ち入ることをゆるさない声だった。分かりました、と答えるしかなかった。

「無理もない。真嶋さんは、祖父のファンだったから」

みず帆はしずかに、赤く揺れる木々を見つめた。

「でも、ある程度、心の準備はできてたと思うよ」

「そうですかね」

「うん。祖父はこっそり、親しかったひとに、形見分けしてたみたい。真嶋さんのところにも行ってたんじゃないかな」

そのとき、ゆるやかに、斎場の前にタクシーが止まった。真っ黒な喪服に、真っ黒なダウンコートを羽織った男性が降りてくる。その首元には、芥子色のマフラーが巻かれていた。

「……ああ」

繭生が帆宝とすれちがったあの夜、帆宝は、あれを渡すためにあそこにいたのだ。だから真嶋は、あのマフラーを受け取ることを、ためらっていた。

真嶋は、あいかわらずの猫背を丸めて、列に並んだ。みず帆と繭生が駆け寄る前に、すぐに菅井家の誰かがやってきて、真嶋を優先的に通した。全身から立ちのぼる悲しみの気配に、繭生はかんたんに声をかけることができず、みず帆とともに会場の入り口に佇んでいた。

「あの、私、きちゃってよかったんですかね」

繭生はおずおず口にした。

「なんで？」

「だって、帆宝師匠の写真、勝手に撮ってしまったので」

「そうなの？」

みず帆は目を丸くした。

「真嶋さんが、あなたに、それを許したんじゃないの？」

繭生は口をつぐんだ。あの独演会の日から、真嶋は、そのことについて触れない。入院のための荷物を持っていっても、父といっしょに『ちりとてちん』を持って見舞いにいっても、あの日の写真については、何も言わなかった。繭生も、なんとなく触れられずにいた。

「そうじゃなきゃ、あなたを葬式になんて来させないでしょ」

それに、とみず帆はつぶやいた。

「言ったよね。真嶋さんはあなたのことを捜してた。夏の終わりぐらいに、百廣亭の楽屋ですれちがって、聞かれたの。自分のアシスタントをしてた子と、連絡とってるひとはいないかって」

どきりとした。

「その時わたし、真嶋さんはやっぱり、後継者を探してるのかもしれないって思った。演芸を撮るひとは、育てなければいなくなってしまうから。落語と同じでね」

みず帆の瞳が、射るように繭生をとらえる。

「だからって、逃げ出したようなひとには二度と戻ってきて欲しくないと思ったけどね、わたしは」

まえに言ったと思うけど、とみず帆は澄まして言う。しかしその口元は、ふんわりとゆるんでいた。

「今も、そうですか?」

恐る恐る、繭生は尋ねた。みず帆はゆっくりと首を横に振る。

「わたしの挙式のあと、祖父があなたのこと話してた」

「え?」

「式のあいだ、あなたのこと見てたって。あのカメラマン、下手くそだけど嫌いじゃない、って言ってた。写真も見ずにね」

繭生は目を丸くした。「でも、私、師匠に怒られたんですけど……」

「だれかに怒ることと、可能性を感じることは、両立するでしょ」

藺生を見つめる一重瞼が、あの時の帆宝の視線と重なる。はじめのシャッターを切る直前、帆宝はたしかに、レンズを見た。あれは、撮れ、という合図だったのかもしれない。いや、その解釈はさすがに都合が良すぎるだろうか。存在に気づかれてしまうようでは、忍者には程遠いし。

「祖父にそう言われなくても、わたしも、同じことを思った。あなたの写真は、ちゃんと、いい写真だった。ありがとう」

ざあっと風が吹き、色づいた葉が揺れた。その時、みず帆を呼ぶ親族の声がして、みず帆はぱっと視線を逸らした。「じゃあ、わたし行くから」

「みず帆さん」

すたすたと遠ざかる背中に向かって、藺生は呼びかけた。みず帆があの時、花嫁としてあわれなければ、藺生は、ここにはいない。真嶋にとっての酸素が帆宝だったならば、藺生にとってのそれは、みず帆だった。

「ありがとうございました」

藺生はまっすぐに叫んだ。

「いつか、みず帆さんの高座の写真を、撮らせてください」

みず帆はちらりと振り返り、不敵に笑った。

「あなたがまた袖にあがるのと、わたしが死ぬの、どっちが先でしょうね」

遠ざかっていくみず帆の背中に向かって、どっちも生きているうちに叶えてやります、と繭生は心のなかで誓った。くるりと方向転換して、会場をのぞいて真嶋を捜す。ちょうど焼香を終えたようで、真嶋はゆっくりと出口に歩いていくところだった。視線が合うと、ちょいちょい、と繭生を手招きした。

真嶋はそのまま廊下を抜け、斎場の裏口に出た。裏手には、高い木々はなく、一面のススキ野原が広がっている。青い空が、ずいぶんと高く、どこまでも広い。

「……これ」

すっとジャケットの内側に手を入れ、真嶋がなにかを差し出す。それは、一枚の写真だった。

「これだけ、渡しそびれてたことに、気がついたんだ」

受け取った写真は、ぺらりと軽く、ずっとどこかにしまわれていたのか、角がぴんととんがっていた。そのなかには、制服姿の繭生がいる。繭生が、桜と少女の切り絵を、六助から受け取っている。

まるで卒業証書を授与されるかのように緊張した面持ちで、けれど繭生の瞳は、きらきらと高座を見つめていた。きみは、寄席の希望の星だからね。そんなふうに六助は言った。星なんかではないと繭生はもう知っている。火種を燻らせ、高座に恋焦がれるだけの、ただの不完全な人間だ。ぜんぶ、あの日から、真嶋のシャッターの音から、始まった。

「もしかして、私を捜してたのは、これを渡すためですか」

「ああ。ずっとおれの手元にあっても、仕方ないから」

写真を持つ手に、ぎゅっと力が入った。あんな風に寄席から逃げ出した繭生のことを、真嶋はどこかでずっと気にかけてくれていた。どこまでも、やさしいひとだ。ありがたいのとおなじくらい、つよい後悔が込み上げて、繭生は膝を覗き込むようにして深く腰を折った。

「ごめんなさい」

絞り出すように、繭生は言った。

「みず帆さんの写真を撮ったことも……帆宝師匠の写真を勝手に撮ってしまったことも、ごめんなさい」

もう一段、頭を下げる。心の核をえぐるみたいに、声を出す。

「でも、あれが、私の覚悟です。私は、演芸写真が撮りたいです。真嶋さん、私を、弟子にしてください」

さらさらと、草木の揺れる音が穏やかに響いた。

「認められない」

いつものように、細い声が降ってきた。ぐうっと胸が痛む。これから、同じことを何回言われても、この痛みが消えることはないのだろう。繭生の心を覆う膜はうすい。でもそれは、弱いこととは違うのかもしれない。今、自分は、ここにいる。

ゆっくりと顔をあげる。あきらめません、と言おうとしたら、真嶋の瞳が、まるで意を決したように、まっすぐにこちらを見返した。

「もうひとつ、返すものがある」

その細い指先には、べつの写真が一枚、はさまれていた。心臓がどくりと音を立てる。繭生は、差し出された写真を、受け取ることができなかった。

それは四年前、繭生がこの手で消したはずの写真だった。みず帆の、『大工調べ』。

「どうして、これを」

真嶋はしずかに答えた。

「復元した。きみの撮った高座が、見てみたかった」

真嶋の事務所をおとずれた日の記憶が、脳裏によぎる。みず帆の挙式の前、肌寒い夜に、帆宝に遭遇した日のことだ。思えば、いつもは開いたままのパソコンを、繭生から隠すようにして閉じていた。カメラ本体から削除したデータでも、SDカードさえ壊れていなければ復元の仕方はいくらでもある。だから、過去の撮影データはよほどの理由がないかぎりカードごと取っておく。カメラマンの鉄則だ。

繭生はこくりと唾をのみこんだ。

――私の写真は、どうでしたか。

声が出なかった。真嶋の答えによっては、立ち直れない、と思った。写真に見込みがなければ、どれだけ真嶋を追いかけようが、みず帆の言うとおり、死ぬまで高座は撮れないだろう。それを確かめることは、底なしの谷へ飛び込むのと変わらない。一切の道が、光が、断たれる。

真嶋は、繭生のためらいを見透かしているのか、写真を差し出したまま動かない。どうする、と、無言のうちに問われていた。

なにも訊かずにこの写真を受け取るのか。それでいいのか、と。

四年前の写真を、繭生は見つめる。そのとたん、激しい感情がぞっと全身を駆け抜けた。

写真のなかのみず帆は、ひたすらに、いかっていた。

——てめえなんざ、人間の皮ぁかぶった、畜生でェ！

写真を突き破り、肉も皮もはいで、骨を焼くような怒りだった。自分を見下された棟梁の、自分が女というだけで、席を立たれる落語家の、怒りだった。すさまじい感情が、眩しい光となって、落語家のこめかみに輝いていた。

かっと焼けつくように胸が痛んだ。四年前のあの瞬間に引き戻されたようだった。みず帆の激しさをどうしても残さなければならないと思った。そして、高座にひびをいれてしまった。たった一枚の写真が、こんなにも痛い。もう二度と味わいたくないと思うほど。背中にどっと冷や汗がにじむほど。

だから——この痛みが、答えなのだと思った。

繭生は震える手を伸ばして、写真を受け取った。

「私の写真は……どうでしたか」

真嶋からどんな答えが返って来ようと、その痛みを受け入れることが、つぐないなのだ。繭生は痛みをおそれて、逃げた。四年も、逃げ続けた。自分の望むものは、その先にしかなかったのに。

私は、高座を撮りたい。

どんな痛みも、この火を消すことはできない。

藺生の手のなかの写真を見つめ、真嶋はしずかに言った。

「演芸写真が写すのは、人間じゃない。芸だ。そして、芸は、目には見えないものだ」

——見えないはずのものが、浮かんでくるような写真。

いい写真とはなにかと藺生が尋ねたとき、真嶋はそう答えた。おんぼろの事務所で、夕暮れの日を浴びて、今とおなじ、やさしい目をしていた。

「それは、満開の桜でも、長屋の埃っぽい壁でも、光でも、なんでもいい。写真を見た人間が、見えるもの以上のなにかを感じられたら、それでいい」

真嶋は言葉を区切り、みず帆の写真を、じっと見た。黒い瞳がわずかに揺れ、そっと伏せられる。

「この写真に写っているのは、ただの、着物姿の人間だ。落語のなんの場面かも分からない。でも、不思議と、思い出す。二十年、おれが毎日、帆宝師匠を見つめた時間を」

憧れを。もどかしさを。悔しさを。撮りたい、という気持ちを。自分を動かす火を。

真嶋は細い指をきゅっと胴の横で握った。なぜか真嶋まで、ひどい痛みをこらえるような顔をしていた。

「帆宝師匠の最後の一席を……おれは、撮れなかった。自分の体を、ここまで恨んだことは、ない」

あの時間は、二度と、戻らない。真嶋は喉を詰まらせた。わずかに肩を震わせ、鼻からゆっくりと息を吐きだす。そして、ゆっくりと、顔をあげた。

「でも、きみが、撮った」

真嶋が、まっすぐに繭生を見る。

「師匠の声が、聞こえるようだった。一言一句、分かるくらいに、はっきりと」

あんなにひとの目を見ることが苦手だったはずなのに、視線をすこしもずらさないまま、真嶋はささやいた。ありがとう、と。

「あの写真を見せられて、高座を撮らせないのは、ばかだ」

細く、小さい、繭生にだけ届く声を、真嶋は放った。

「おれに残された時間は、多くない。それでもいいか」

ひゅっと、閃光《せんこう》のように赤いなにかが目の端にうつった。どこかから飛んできた紅葉が、ひらひらと舞い、真嶋と繭生のあいだにぺたりと落ちる。繭生はぎゅっと唇を噛んで、うなずいた。その拍子に、ついと頰に涙が伝った。痛みと、よろこびと、悲しみのせいだった。いいもなにもない、ばかにすんな、と言いたくなった。手の甲で涙をぬぐい、繭生は口を開く。

「私の師匠は、真嶋さんだけです」

真嶋が、ほんとうにちいさく、笑った気がした。そしてすっと目を逸らすと、静かに言った。

「条件が三つある」

遅刻をしないこと。演者に許可なく写真を撮らないこと。「三度目はもう、ないからな」と、真嶋は厳しい声で言った。はい、と繭生はうなずく。

「三つ目は、なんですか」

「――撮り続けること」

そう告げた真嶋の瞳は、繭生を、その向こうの空を、遠い未来を見ていた。胸の中の火種が、そのとき、ぶわっと赤く燃えた。真嶋の写真は、繭生のなかで息をし続ける。いつか繭生の写真が、だれかのシャッターの音になる日も、来るのかもしれない。

「はい」

真嶋は芥子色のマフラーをそっとおさえ、しゃがみこむと、地面に落ちた真っ赤な紅葉を拾い上げた。

そして、ふっと紅葉の葉を、空に放った。赤い葉が舞い、川を流れるように、青空のなかを泳ぐ。カメラがあれば、シャッターを切るのに、と思う。なんとなく、真嶋もおなじことを考えている気がした。同じ色の火を、私たちは抱えている。

退院したら、寄席に顔見せに行く、と告げて、真嶋が歩き出す。繭生は、はい、とうなずいて、その背中を追った。うつくしい水色の空に、またべつの楓の葉が舞い、遠くへ遠くへ、飛んでいく。

本書は第15回 小説 野性時代 新人賞受賞作として選出された作品「みずもかえでも」を加筆修正したものです。

本作品はフィクションであり、実在の個人、団体とは一切関係ありません。

関　かおる（せき　かおる）
1998年東京都生まれ。慶應義塾大学環境情報学部卒。2024年、「みずもかえでも」（本作）で第15回 小説 野性時代 新人賞を受賞し、デビュー。

みずもかえでも

2024年９月28日　初版発行

著者／関《せき》　かおる

発行者／山下直久

発行／株式会社KADOKAWA
〒102-8177　東京都千代田区富士見2-13-3
電話　0570-002-301(ナビダイヤル)

印刷所／大日本印刷株式会社

製本所／本間製本株式会社

●お問い合わせ
https://www.kadokawa.co.jp/（「お問い合わせ」へお進みください）
※内容によっては、お答えできない場合があります。
※サポートは日本国内のみとさせていただきます。
※Japanese text only

定価はカバーに表示してあります。

ISBN 978-4-04-115288-1　C0093